Vale do Sossego

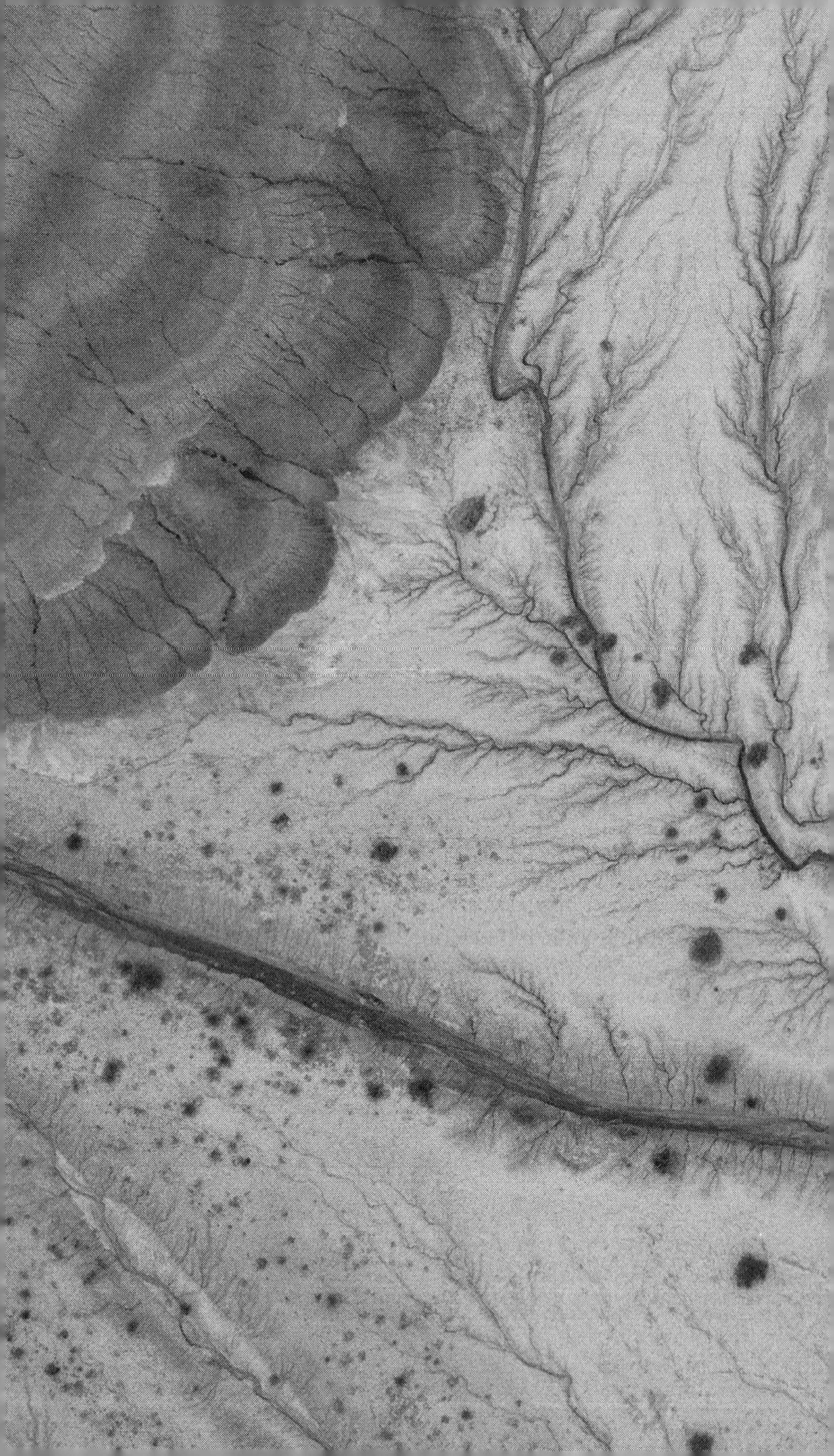

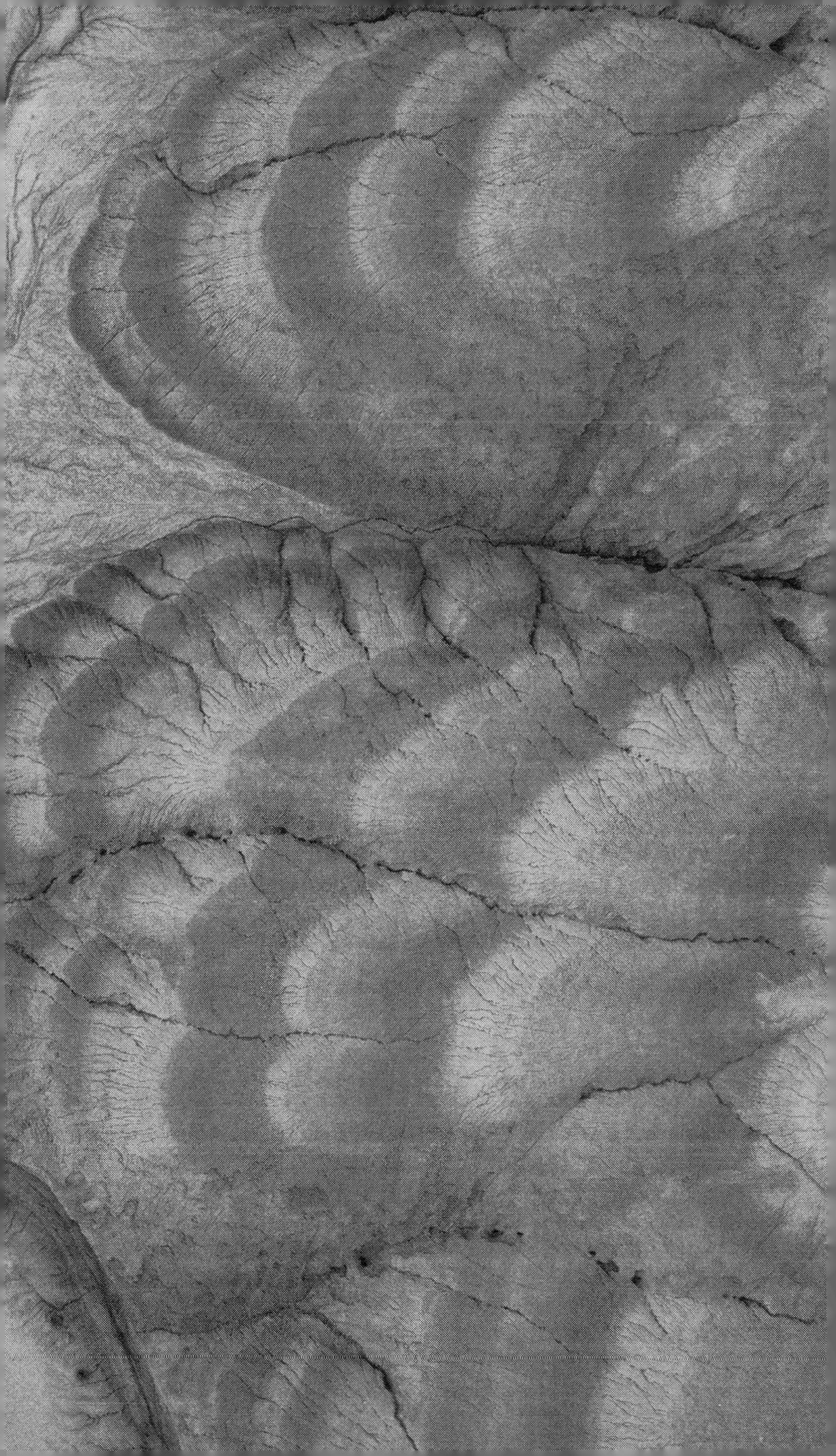

Vale do Sossego

SERGIA ALVES

Editor
Marcelo Nocelli

Revisão
Natália Souza
Marcelo Nocelli

Imagem de capa
Zeynep Boğoçlu/iStockphoto

Design e editoração eletrônica
Negrito Produção Editorial

Dados Internacionais de Catalogação na Publicação (CIP)
Bibliotecária Juliana Farias Motta (CRB 7/5880)

Alves, Sergia
Vale do sossego / Sergia Alves. – São Paulo: Reformatório, 2022.
192 p.: 14 x 21 cm

ISBN 978-65-88091-56-2

1. Romance brasileiro. I. Titulo.

A474v CDD B869.3

Índice para catálogo sistemático:
1. Romance brasileiro

EDITORA REFORMATÓRIO
www.reformatorio.com.br

Para Amanda e Mariana

que me ensinaram o poder da leveza.

Ao guardar a custo a vida humana em suas juntas e sob suas cascas de rocha, a cidade sem querer causava-lhe muita dor, arranhões, feridas. Era algo natural, já que era uma cidade de pedra, áspera e fria ao tato.

ISMAIL KADARÉ

Toda alegria silenciosa de Sísifo consiste nisso. Seu destino lhe pertence. A rocha é sua casa.

ALBERT CAMUS

As nuvens estão escassas outra vez. Fiapos. Riscos brancos no azul do céu, que com o passar das horas, vai se tingindo de novas cores até enrubescer diante da escuridão. Da minha posição, tenho uma visão privilegiada.

Não há dispêndio de energia para acompanhar os passos de cada uma delas, suas idas e vindas, erros e acertos. Ainda assim, ando cansada dessa observação cíclica. Já se alonga a quarta geração sem que se cumpra a promessa, quando então findará o tempo que me foi dado.

Não cabe a mim julgar escolhas e destinos. Tentei ser otimista quando estive no lugar delas. Aceitei as quedas como naturais. Levantei-me em cada uma vestida da absoluta certeza de que tinha merecido o escorregão. Até vir o tombo que me partiu ao meio. Hoje sei que nada é certo e que o absoluto pode ser relativizado.

Também não me cabe fazer interferências.

É fato que, às vezes, deslizo e perco o rumo enveredando-me em sonhos. Mas o que são os sonhos, senão uma fuga? Um escorrer ilógico em labirintos de memória?

Foi me oferecida uma vida e uma descendência. É tudo que sei. A essa altura não devo mais pensar ou lamentar. Nem mesmo há um corpo que possa reclamar de uma curvatura incômoda ou do peso das pernas. Estou bem, aqui onde estou.

Trago memórias do que vivi naquele lugar ao pé dos montes que abriam a subida gradual da Ibiapaba. Trago notas de um longo observar, sem que haja nisso nenhuma expectativa de redenção.

A demolição

Mina apagou a luz da varanda e caminhou até o quarto, tateando na escuridão. Interrompeu a escrita que naquela noite jorrara sobre o papel depois de negar-se por semanas. O relógio marcava três horas, do dia 21 de setembro de 2012. Precisava de descanso antes de partir para aquele lugar perdido na memória. Ainda se perguntava o porquê do chamado. Nada do que pensasse ou dissesse impediria a ação em curso.

Por telefone o funcionário informou apenas que precisavam de vistoria e assinatura em alguns papeis antes da demolição. O sono não foi tranquilo.

Viu-se sacolejando numa camionete sobre uma estradinha de curvas sinuosas nas montanhas. O lugar não era desconhecido, mas ao mesmo tempo que lhe atraia causava um incômodo pela repetição. De um lado a aridez de setembro, do outro o cinza da paisagem rochosa, como se o carro rodasse e voltasse sempre ao mesmo ponto, sem avançar. A senhora que o conduzia tinha um olhar severo, rosto endurecido e não falava de forma compreensível. Apontava um dedo magro para uma pequena réstia de luz entre as sombras do vale que se estendiam ladeira abaixo. Uma hospedaria, talvez. Cruzaram com algumas mulheres em trajes pretos, como se estivessem em procissão. Ela desacelerou ao ponto de quase não sentirem o carro em movimento. O murmúrio das vozes se avolumava mais e mais com a proximidade, se tornando insuportável no exato instante em que o despertador iniciou o seu toque estridente.

Já de saída, jogou a chave do carro em cima da mesa e chamou um táxi. Resolveu que tomaria o ônibus no terminal. Algumas horas a mais, é certo, no entanto, sem obrigação de prestar atenção na estrada, aproveitaria o tempo para terminar a leitura, e quem sabe, adiantaria as últimas páginas da dissertação. Já acomodada, abriu o livro na página em que o narrador de Kadaré descrevia a atração da personagem Bressian pelos montes malditos. Falava de sua aventura ao deixar o mundo das coisas comuns na capital para ingressar no mundo das fábulas, épico, representado pelas montanhas do norte.

Lembrou do sonho da noite anterior e não conseguiu conter a risada, enquanto o ônibus serpenteava para contornar a grande serra e os telhados se amiudavam, perdidos na imensidão azul que a distância cria. Lembrou também das vezes em que ela e o irmão colavam o nariz no vidro empoeirado da velha camionete para ver quem ganharia a aposta sobre a quantidade de animais pastando. Cabras, bodes e ovelhas eram quase sempre maioria. Mas ele apostava nos cavalos, como se o desejo de avistar animais velozes e elegantes fosse muito maior do que o prazer de ganhar uma aposta.

No escritório a reunião transcorreu de maneira cordial. Justificativas, explicações sobre o atraso dos trâmites burocráticos e assinatura de mais papéis. Sobre uma mesa ao pé da janela, fotografias antigas, outras mais recentes e a maquete do novo projeto ainda em montagem.

Era certo que a nova fachada manteria os detalhes da fachada colonial. O anteprojeto exposto atiçava vagamente as lembranças infantis. O tempo das fábulas, sussurrou para si mesma. Porém aquilo tudo já não lhe dizia respeito. Além do nome da família na placa de homenagem, nada mais restaria do cheiro de morte que impregnou as paredes sem cor. Julinho tinha razão. A parceria com uma fundação cultural fora a decisão mais acertada. O casarão cercado de pedras seria, por fim, um lugar de vida. Ao contrário de Bressian, tinham concordado em demolir o que fosse necessário, abandonar aquele mundo obscuro de histórias repetidas em busca do mundo das coisas simples e concretas, do olho no olho, de soluções práticas e amigáveis, do envolvimento dos que o rodeiam, de acolhimento e promoção do lado bom das pessoas e da vida.

– Vou ao sepultamento.

Ouviu antes de ser interrompida e voltou-se bruscamente: a advogada designada para lhe acompanhar na tal vistoria olhava com impaciência a agenda que a secretária deixara aberta sobre a mesa concluindo com ela o que dava para cumprir e o que precisava ser adiado.

– Perdão, Sra. Guilhermina. Precisamos nos apressar.

– Mina, por gentileza. Vamos direto à obra? Mina repetiu com um sorriso nos lábios o refrão que lhe acompanhava pela vida inteira. Como se houvesse necessidade de se desvencilhar da origem do nome. Não da figura da avó, cuja história ela desconhecia. Mas do lugar de onde vinha.

– Imagine a Senhora que despertamos hoje com a notícia de que uma ex-estagiária do escritório foi assassinada pelo próprio marido!

– Mulheres e suas fogueiras.

– E essa queima por aqui há séculos. Como se não bastassem as antigas rixas de família, disputas por ocupação da terra, temos isto agora! Vai entender as coisas desse lugar. Um território ainda muito machista e violento.

– Melhor não tentar. Quem sabe o nosso centro cultural não vai ajudar um pouco na mudança de hábitos e educação por aqui?

As trincas e rachaduras eram enormes, deixando à amostra a largura dos velhos adobes que por muito tempo mantiveram a imponência das paredes. Um líquido marrom escorria como o sangue amarelado das mariposas que insistiam em fazer morada nos cantos mais escuros. O piso de mosaico ainda parecia intacto sob os pés que iam e vinham desviando-se das escoras, como se fosse o último foco de resistência do que ali viveu.

Caminharam pelo comprido corredor até uma sala ampla, erguida como um apêndice da casa. A sala que um dia fora uma espécie de armazém que podia virar um laboratório rudimentar de alquimia ou um escritório, dependendo das necessidades do seu antigo proprietário. Fora também seu melhor esconderijo quando queria escapar do irmão vestido de mocinho à caça de bandidos, naquele destino repetido de férias escolares. Ou, quando assombrada pelos gritos alucinados da tia se escondera embaixo da pesada mesa de madeira por horas e horas contornando com o dedo indicador os desenhos daquele chão. Até tudo se acalmar, darem enfim por sua incômoda presença, e um frágil foco de lamparina respondendo a um comando decidido a encontrasse.

– Mina, Mina saia daí siá menina. Tudo vai ficar bem.

A voz aveludada. O colo macio. A escada e os corredores ouvindo promessas de novas histórias e cantigas de um povo distante. O cheiro de flor de laranjeira que a roupa dela exalava penetrando suas narinas. O rostinho recostado no ombro sentindo o toque dos cachos miúdos e molhados que denunciavam o banho recente. O balançar da rede, o roçar da corda no armador acalmando a mente, os rabiscos que a chama bruxuleante fazia na parede, o cheiro do pavio queimando o querosene, a promessa sobre os arranjos que ela faria para que a menina e o irmão subissem o morro no amanhecer e pudessem ficar longe daquele ar pesado, envolvidos em banhos de riacho, cachoeiras e brincadeiras de criança. Mergulhados no líquido que se expandia e ultrapassava o cerco das pedras. Como ela fizera em outros tempos com a mãe de Mina em uma situação parecida.

Inspirou fundo e sentiu no corpo a mesma sensação de liberdade que o terraço da casa no morro proporcionava.

A pureza do oxigênio alimentando seus pulmões. No alto, um lajedo guardava a vista que se estendia em um horizonte contínuo e multicolorido onde o sol se escondia.

O vento soprou, de repente, batendo com força a folha da janela que ainda se firmava inteira.

– Uma graça os detalhes desse mosaico, né? Não se preocupe, boa parte será reutilizado.

– Desculpe. Qual era mesmo a sua dúvida?

– Não me parece possível projetar um novo espaço sem examinar as fundações e as causas das rachaduras encontradas nos vãos.

– Você tem autorização para demolir.

– Eu sei. Mas a ideia é aproveitar o que de belo resistiu – explicou o arquiteto para justificar o atraso, trazendo de volta o olhar perdido de Mina – Pedimos sua presença porque na desmontagem dessas prateleiras encontramos isso assentado na parede.

Ela queria apenas parar de ouvir os gritos, quando ouviu os passos duros e o ranger da porta. Arregalou os olhos e encontrou uma mão trêmula afastando os livros, arrancando o fundo da estante com um estalo, guardando alguma coisa e depois devolvendo tudo ao devido lugar. Ainda não tinha descoberto que adultos, além dos rostos taciturnos, também tinham lágrimas. Achava que choro era coisa de criança até porque os olhos da mãe eram secos como a paisagem que os rodeava. Mas agora podia apostar que vira as pálpebras do avô se apertarem enquanto seus dedos levavam o lenço ao nariz. Ele não tinha se dado conta da sua minúscula presença. As crianças recebiam ordens para nunca entrar naquele recinto. Os soros, as soluções, os metais, os remédios, a pequena balança, os frascos e outros utensílios de porcelana eram trancados na parte mais alta do armário que tinha porta de vidro. Só ele sabia manusear. O resto eram estantes compostas apenas de tábuas de madeira rústica onde se misturavam enciclopédias, um velho atlas, um globo enferrujado, um guia de ensino de farmácia básica, os livros da contabilidade. Também por ali se empilhavam sacos de cereais, couro de animais, cera de carnaúba e outras amostras de produtos da fazenda disponíveis para comércio.

– O Senhor está chorando?

– Criança não faz pergunta nesta casa. O que tá fazendo aqui? Pra fora, agora! Dinhaaaa!

Uma chicotada em um velho cachorro pulguento e desprezível. Era como soava a voz, endereçada pelo gesto do dedo magro apontando a porta. Carregava o tom autoritário de sempre. O suficiente para que os pequenos saíssem às pressas com medo de levantar os olhos outra vez, calarem e esquecerem o que viram. Para a pequena Mina restava correr para a cozinha e sentar-se no alpendre esperando Dinha obrigá-la a tomar limonada bem azeda.

Daquela vez já escurecia e Dinha estava ali para lhe confortar com a lamparina e o cheiro de laranjeira da roupa recém trocada. No ar os aromas se misturavam. Agora que estavam no corredor, tornava-se inconfundível. Ramos de alecrim sendo incinerados no fogareiro ao pé da escada para abafar o odor de morte que vinha da ala proibida naqueles dias. Na manhã, o vapor do tacho em que ferviam juntos os lençóis e as folhas de laranjeira impregnavam o ar em uma tentativa vã de restaurar o perfume da normalidade. Tudo parecia tão distante quanto as chaminés avistadas do alto. A não ser pela caixa de aço que estava agora na sua frente, embora ela já não soubesse se, de fato, o tinha visto chorar ou apenas deduzira sua primeira lição sobre sentimentos. Orgulho ou arrogância, por exemplo, um substantivo abstrato que podia se tornar algo palpável, tomar forma de um rosto, de um corpo, gestos.

Mina sabia que, àquela altura, a fronteira entre real e imaginação já não se delineava com precisão na sua memória, contudo, não podia apagar aquela centelha.

– Então, como ficamos?

O que o arquiteto tinha nas mãos não era propriamente um cofre, mais parecia um pequeno baú. No entanto, precisava do auxílio de um especialista para rebentar a fechadura sem danificar. A advogada fez questão de alertar que ela tinha direito de levar e tentar encontrar outro modo que fosse mais conveniente de abrir ou pedir que as pessoas se ausentassem da sala, se preferisse abrir ali mesmo. O conteúdo pertencia a ela, como responsável pela aquisição do imóvel. Depois de quebrada a fechadura, Mina escolheu ficar sozinha.

Abriu o arquivo no notebook e anotou algumas ideias sobre tragédia grega que a leitura dos ensaios lhe suscitara. Discutiria com seu orientador a conclusão. A escolha do tema ainda era motivo de indagações pontuais. Nem ela sabia ao certo o que a levara a escolher aquele livro e filme como objeto de estudo. Às vezes sucumbia às dúvidas sobre como aquilo despertaria o interesse dos outros ou acrescentaria algo novo às análises existentes. Reviu algumas cenas ali mesmo na tela pequena. O vermelho do sangue, o marrom da terra, as mulheres de preto, suas vozes, uma vela acesa, uma camisa ao vento. Voltou a digitar por alguns minutos. Desligou o notebook. Precisava dormir. O anel deslizou sobre o dedo sem resistência, como se tivesse sido encomendado para ela. Tirou e o pôs novamente. Um pouco folgado, talvez. Lembrava vagamente. Ou seria dedução, imaginação? Não sabia ao certo. A mãe usava algo parecido antes de vestir-se de preto, quando ainda pisava leve e seu olhar, apesar de seco, espalhava um resquício de doçura. Quando a mão era fina, sem a calosidade e inchaços nas juntas, sem cheiro de velas. A mão que deslizava sobre o cabelo antes da trança presa no alto, antes de segurar com força sua pequena mão e a do seu irmãozinho pelo caminho estreito até a cova onde a sonoridade das ave-marias se repetia no entardecer enquanto as velas se derretiam formando crostas a que outras se sobrepunham.

Isto sim, era lembrança. As chamas crescendo e minguando de acordo com o poder do vento que visitava os túmulos insistentemente. Nada sabia sobre a razão de estarem ali com tanta frequência, além dos nomes inscritos na pedra que já conseguia ler silenciosamente.

Sentiu o peso do anel. Nunca tivera um diamante. Recusara o único pedido de casamento que lhe chegou formalmente. Gostava da liberdade dos seus dedos alongados e dos encontros fortuitos de um relacionamento aberto e ao mesmo tempo organizado já há algum tempo. O único que se adequara aos seus quase cinquenta anos de vida, à mudança radical de profissão e aos anos de terapia que lhe punha de pé e outra vez naquele lugar encravado entre as pedras. Precisava de uma boa limpeza para reacender o brilho. Pôs de volta no saquinho de veludo se dando conta do tamanho daquela pedra brilhante. Juntou aos documentos, às fotos, ao envelope amarelado, à camisa branca dobrada e à arma que supostamente abrira o rombo marcando-a para que ficasse assim manchada e guardada como um símbolo do fim e do começo naquele saco de pano rústico.

A mancha desbotada, entre o amarelo e ferrugem, aparecia sob as dobras da camisa instigando a sua curiosidade. Ponderou e achou por bem não desdobrar. Talvez, um jeito de não dar asas a divagações sobre o achado naquele momento. Estava ótima, é certo. Estava livre dos ataques de pânico, mas não convinha facilitar. Interfonou para o restaurante do hotel, pediu sopa e chá. Inventara uma desculpa para recusar o convite do pessoal do escritório para jantar e aquele frio no estômago nada mais era que falta de alimento.

Guardou tudo como pode na mochila de couro. A caixa não era grande, mas pesava por ser de metal, banhada em prata talvez. Resolveu colocar os livros e o notebook em uma sacola de mão. Viu uma chamada no celular. A voz de Marcelo lhe devolvia o presente, a hora exata da noite. A liberdade dos dedos. A necessidade de descansar e a hora de acordar nas manhãs de outro tempo.

A parte traseira do ônibus estava vazia. Ela ocupou dois lugares, inclinou ao máximo o encosto pondo a sacola sob as pernas. Abraçou a mochila presa ao seu corpo tentando relaxar. O cheiro de limão que exalava de um cesto acomodado entre os assentos a sua frente a embalou como se estivesse de novo no colo de Dinha. Uma compensação para a noite em claro, pensou antes de entrar em um sono que durou todas as horas da viagem de volta.

Dirigia-se apressada ao ponto de taxi, quando ouviu o seu nome. Reconheceria aquele sotaque em qualquer lugar do mundo. Sentiu-se feliz ao ser abraçada com desejo por Marcelo.

Passariam o resto do dia juntos. Conversariam sobre os últimos acontecimentos e ele certamente saberia o que fazer com a tal pistola antiga que lhe roubara o sono. A advogada bem que tentou passar algumas instruções quando ela mencionou a existência da arma, contudo, Mina fez questão de não ouvir. Negava-se a conhecer qualquer coisa sobre armas que fosse além de estatísticas sobre os danos causados às famílias como a sua. Tudo que precisava era um bom banho, um jantar a dois, um vinho talvez, um café.

Despediram-se com a promessa de irem juntos até o órgão de segurança na manhã seguinte. Marcelo preencheria a guia de trânsito exigida. Fazia questão de acompanhá-la. Nunca combinavam o próximo encontro. Estavam bem assim. Mas aquele era outro assunto. Ele conhecia os fatos que marcaram sua vida até onde ela sabia. Durante os anos de terapia ajudara-a a mergulhar na dor profunda que a imobilizava incentivando-a a verbalizar e encontrar novos significados para lembranças fugidias, a intranquilidade dos sonhos, a ausência do pai, a raiva que consumia sua alma, a relação complicada com a mãe, a partida do irmão, seguindo o procedimento ético padrão entre paciente e terapeuta. O amor veio só depois da alta. Um encontro casual em uma feira de livros em que os dois ouviam o mesmo poeta, uma discussão sobre filosofia, literatura e mente, mediada por Mina, dias depois, rodas de leitura como desculpa para se encontrarem com frequência sem se dar conta da passagem das horas, dos dias, dos últimos dois anos.

Um relacionamento maduro, sem dependências, satisfazendo a necessidade de estar só que a mente de Mina exigia com certa constância e à compreensão do que seria uma vida a dois pacífica que Marcelo aprendera com o fim do primeiro casamento. Esse era outro ponto de tranquilidade para Mina. Marcelo era pai de Clarissa e mantinha uma boa relação com a filha, o que tirava dos seus ombros o peso da cobrança pela repulsa de ser mãe que atravessou todos os seus relacionamentos anteriores.

Se a sua vida se estruturara entre sombras e pedras escorregadias, revestindo-se de incertezas, nesse ponto não faltou convicção. Acreditava, com firmeza, que não nascera com tal vocação. Preferiu dar à luz a outros projetos. Assim avançou sobre as décadas com competências diversas reconhecidas na escola, nas faculdades que começava e abandonava até se fixar na carreira da área financeira onde ancorou seu sustento e infortúnio, que acabou trocando nos últimos anos, felizmente, pelo Curso de Letras e Literatura.

O orientador, ainda que não convencido dos rumos da pesquisa até aqui, era um entusiasta de sua produção acadêmica em Literatura e Cinema. O mais importante: Mina sentia que finalmente sua vida poderia tomar outro rumo, que seria ela própria a responsável pelo desvio daquela espécie de roda dentada de sangue. Se um dia o irmão retornasse, já não seriam como os bois no engenho da família Breves no filme de Salles, que rodam, rodam e não saem do lugar.

Bárbara (1919)

Quando a comitiva parou diante da construção que há poucas horas era apenas um telhado com chaminé perdidos na estreiteza do vale e a voz do Coronel cortou o vento e o silêncio, Vitório não conseguiu esboçar uma única palavra. Foi preciso um grande esforço para não ceder ao pranto que soluçava de forma contida dentro dos músculos enrijecidos do peito. Não compreendi. Os seus sentimentos não transpareciam facilmente. Para mim, aquela reação brotava do tamanho da surpresa. Tudo parecia inesperado.

– Vitório, é esse o lugar onde você, o menino Domingos e sua mãe se instalarão quando chegar a minha hora.

A voz entrecortada pelas dificuldades respiratórias do Coronel se fazia solene ao entregar, diante dos peões, vaqueiros e mulheres que se acotovelavam para conhecer o novo patrão, o documento em que constava o nome de Vitório Dos Santos como proprietário.

Joaquim S. Pedroso de Albuquerque não era um homem dado a surpresas. Tinha seus gostos e rompantes, dias alegres e dias taciturnos. Previsível, depois dos muitos anos de convivência e de todas as confidências de Dona Josephina no quarto de costura ou nas rodas de bordados. Comandava seus negócios com mãos de ferro, diziam todos os homens que para ele tiravam o chapéu de couro antes da permissão para começar o relato das boas e más notícias.

Mas era homem de berço, de fina educação e facilidade com as mulheres quando a idade ainda lhe permitia tais arroubos. Por aqueles dias trazia um olhar misterioso. Na véspera, depois que o ajudei no banho e a vestir o pijama, arrumei travesseiros e lençóis a seu gosto, ele pediu que me sentasse ao seu lado:

– Amanhã faremos uma viagem curtinha. Vitório já está a par.

– O senhor tá se sentindo em condições?

– Preciso que arrume um baú dos menores. Pouca coisa. São só dois dias.

– Além de Vitório, quem cuidará do senhor?

– Quem mais poderia ser? Vão você e o menino.

Afobada como sempre fui na hora de atender suas ordens, levantei-me apressada em direção ao gaveteiro. Tinha pouco tempo e muito a arranjar. Ele puxou a minha mão com firmeza trazendo meu corpo de volta para a cama. Olhou-me nos olhos como nos primeiros dias, e o que disse ficou gravado com todas as palavras:

– Bárbara, não se avexe. O tempo é generoso e abarca nos seus instantes tudo o que importa.

O grande alpendre e as paredes largas ainda recendiam à cal e à tinta escura que dava destaque às portas e janelas. A propriedade perdia muito em extensão e a casa era bem modesta em relação à sede da fazenda onde vivia a família oficial do Coronel, mas a terra era boa, com água suficiente e Vitório já conhecia cada palmo do lugar. Tinha sido o responsável por acompanhar a demarcação quando o Padrinho decidira ocupar aquelas terras há algum tempo sem muita explicação. Nos papéis era um lote independente adquirido por preço muito abaixo do que se via em terras cortadas por riachos. Mas isso não era assunto para se levantar diante de tamanha graça. O certo é que era um punhado de chão suficiente para começar a vida e não entrar na disputa dos herdeiros legítimos.

Não corri a preparar os cômodos para o pernoite e descanso do Coronel, como seria minha obrigação. Não sei o que me deu. Algo tomou conta do meu corpo com uma alegria infantil e se apossou do sentimento que cabia, por direito, àquele que fora gerado no meu ventre. Esqueci o meu lugar, aproximei os lábios e beijei com muita devoção aquela mão desenhada pela saliência das veias e das pequenas pintas marrom. Pedi licença e corri para guardar a pequena imagem da Santa, companheira de todos os caminhos, no oratório que ele mandara trazer das bandas do Cariri e apontava como um mimo especial para mim. Sua mão trêmula afagou a fita colorida que prendia e arrematava a longa trança. Adorno que eu me permitia usar para dar à minha cabeleira negra e ainda vasta um toque de graça. Ou, o que eu entendia como tal a partir das repetições de Dona Josephina sobre a elegância necessária às mulheres.

– Não poderia partir deste mundo sem te devolver o lugar de retiro, um sossego.

– Não fale besteira. O senhor ainda tem muito por viver.

Não deixei que ele terminasse o que parecia querer dizer. Sorri fartamente e segui deixando que minha voz fizesse pausa entre as palavras como se repetisse uma oração:

– Sossego. Descanso. Vale do Sossego é um bom nome.

Repeti várias vezes, rodopiando pela sala. Rindo, rindo muito, gargalhando, sem dar importância às rugas que já começavam a marcar o canto dos olhos, nem ao olhar assustado dos trabalhadores que ainda aguardavam alguma ordem.

Naquela noite ele me pediu que ocupássemos o mesmo quarto. Não queria ficar só. Antes de dormir, repetiu o que dizia nos últimos dias: que os anos não haviam apagado do meu rosto a face assustada daquela menina que seus homens encontraram entre os restos de uma choupana incendiada; que dos olhos brotavam o mesmo brilho tentando disfarçar a desconfiança.

Não sei ao certo. Minhas lembranças são confusas. Não devia ter mais que sete anos. Eu não tinha documentos. Sei que, ao ouvir o tropel dos cavalos, escondi-me. Tinha certeza de que voltariam para conferir os corpos e terminar o serviço.

Os homens se aproximaram e eu não conseguia fazer distinção entre eles: eram brancos. Usavam roupas de couro. Armas. Tudo igual. As pernas já não tinham forças para correr. Fiquei acuada entre as ruínas das paredes de taipa e as rochas, feito um pequeno animal ferido de morte. Um deles chegou muito perto e repetia que não me faria mal. Eu recuava e me encolhia ainda mais. O homem ordenou que os outros abrissem uma cova e juntassem os corpos. O cheiro já atraia os urubus. E foi por eles que me acharam. O moço me ofereceu água do cantil. Minha boca estava seca. Minha garganta ardia. Ele mandou que eu tomasse dois goles apenas. Senti o estômago revirar. Náusea. Pavor. Outro gole. Tudo escurecia e rodava.

Acordei meio zonza sobre a cela dum cavalo. Um braço forte prendia meu corpo mirrado e me acalmava dizendo que logo estaríamos em casa. Por um momento pensei nos corpos enterrados. Voltava a tontura. O resto não consigo lembrar.

Dona Josephina se desmanchou em piedade por aquela estranha menina de pele escura e cabelos escorridos que não sabia contar sua história. Não prestou atenção no nome esquisito que ela repetia. Inconscientemente cedi ao desejo de sobreviver. Foi por instinto que encontrei passagem entre as chamas. Foi por sorte que caiu a chuva. Foi por benevolência que fui jogada entre as mulheres daquela casa que me assombrava pela imensidão das paredes, pelos móveis escuros, pelas gentes que me olhavam com curiosidade.

Eu não sabia se ainda vivia ou se aquilo já era o outro mundo para o qual meu espírito fora atraído. No entanto, meu corpo soube agradecer os cuidados e aceitou com bondade os alimentos dando sinal de que estava vivo. Quando fiquei de pé, me trouxeram roupas cotidianas e uma domingueira.

Num domingo, o dia escolhido para descansar e orar, depois do banho, elas cortaram as pontas e trançaram meus cabelos com fitas e flores miúdas, me vestiram com a roupa especial e me levaram até aos aposentos de Dona Josephina. Recebi um terço e repeti depois todas as orações em voz alta. Não era difícil decorar. Na Capela do povoado fiz tudo direitinho como me ensinaram. Ganhei um nome de santa, uma madrinha e uma alma para cuidar. Minha vida anterior se dissolvia na fumaça que estrangulou a lembrança. Daquela água que molhou minha cabeça nasceu Bárbara, a aprendiz de dama de companhia.

A rede em que eu dormia e o pequeno baú que me foi destinado ficavam na área externa ao lado da cozinha, o cômodo das mulheres que naquele ano de 1884 já não se amontoavam na senzala. Tinham ganhado a liberdade de serem criadas. Mas meus dias e anos foram preenchidos por Madrinha Josephina que me ensinava costurar, tecer, bordar, fazer rendas. Sobre as estranhezas do corpo que crescia foram as outras moças que me ensinaram a lidar entre risos, piadas e burburinhos.

Bem mais tarde, quando os primeiros sinais da doença de minha madrinha apareceram, ela permitiu que o professor dos seus netos me ensinasse a ler e escrever. Precisava de olhos saudáveis e capazes de lhe recitar poemas, salmos e orações. Deixou-me como herança a devoção às palavras e à pequena imagem da Santa.

Quando me desceu o sangue pela primeira vez, os documentos da igreja marcavam dezesseis anos como minha idade. Calú, a cozinheira e a mais protetora das companheiras, me explicou sobre os olhos espichados dos homens. O corpo esguio e alongado já marcava volume nas roupas. Minha pele era escura como a delas, porém havia outros traços não identificáveis, a princípio. Mestiçagem, elas diziam. Meio índia meio negra, como se isso fosse um defeito, um mau sinal.

Eu ostentava um riso fácil nos lábios arroxeados. Os dentes muito alvos brilhavam no grande espelho da sala de jantar e eu gostava do que via. Certa elegância no porte, dizia minha madrinha às comadres, enquanto me dava lições de boas maneiras no falar, no tratamento dispensado a todos. É certo que, depois da doença da madrinha, recebi toda a carga da administração da casa e boa parte dos serviços domésticos mais leves. Minhas mãos se entregavam facilmente à costura, às rendas de bilro e aos bordados. Agradei não apenas à exigente nora do Coronel, mas às filhas e grande parte das moças daquele lugar esquecido. Precisei suspender as encomendas dos vestidos simples. Por meses a fio dediquei-me a comandar e supervisionar uma roda de mulheres na execução do enxoval das meninas que, em breve, fariam parte de outras famílias e precisavam levar nos baús a prova do berço.

O menino, apesar de mais moço, voltara dos estudos com uma moça na bagagem e foi obrigado pelo pai a casar. O Coronel não desejava às filhas de famílias alheias, por mais desajuizadas que fossem, o que não queria para as suas, dizia em alto e bom som. Que ele assumisse a responsabilidade pelas suas escolhas e não se falava mais nisso. Com a chegada dos filhos, seus hábitos haveriam de esquecer a luz das ruas, os bailes, as possibilidades escondidas nas praças e teatros da capital, para se adaptar ao lugar. Devo agradecer o fato. Foi por meio da sofisticação urbana da moça que tive acesso à moda, aos moldes ofertados pelas revistas. Apesar da correria, o enxoval ficou pronto a tempo. Os linhos, as sedas, linhas de cores variadas como eu sequer podia imaginar chegaram pelos mascates cujos alforjes escondiam muitas preciosidades, e essas ganhavam vida entre meus dedos.

Madrinha suportou bem toda a agitação em torno da grande festa de casamento coletivo. Por ordem do Coronel, depois da cerimônia das filhas, se fez uma grande roda de casamento patrocinada por ele para os que não estivessem em dias com o sacramento, afinal não era sempre que tinham a visita de um padre. No entanto, não resistiu à partida das filhas acamando-se em seguida por um longo período. Noites e noites em claro me exigiam além do sono, da mudança para o quartinho ao lado que me permitia acudir facilmente os chamados, as ervas. As ervas. Lá de dentro de mim elas se apresentavam como milagrosas para acalmar a dor.

O médico que a visitava a cada quinze dias não enxergava solução para aquele caso. Aplicava-lhe paliativos, aceitava minhas indicações dos chás e dos banhos, mas me alertava que aquilo não evitaria o definhamento, o cansaço e por último a completa cegueira. Foi então que ler trechos de poemas e salmos passou a fazer parte dos cuidados diários, a pedido da moribunda.

Foi também por esse tempo que o conhecimento das ervas passou a torturar a minha mente. O cheiro das infusões impunha à minha memória a confusão mental e a presença incômoda da minha origem. Quando lembranças vagas me diziam que eu costumava seguir as mulheres na procura de plantas medicinais, no preparo dos chás ou no atendimento aos feridos, o trote dos cavalos e tiros ensurdeciam meus ouvidos. Por mais que me esforçasse, as línguas de fogo devoraram todas as imagens, depois vinham os trovões, a chuva e a nuvem de fumaça que a tudo encobria, até ser dissipada pelo vento.

Não sei quanto tempo passei naquele estado entre o choque e a espera da morte, vigiada de longe por carcarás e urubus. Não sei quanto tempo passou até a chegada dos homens vestidos de couro como se estivessem à procura de rês fugitivas em suas terras alagadas. A agonia e o desespero só me pediam para esquecer. Não falava com ninguém sobre o assunto. Nem quando as moças me perguntavam. Rezava a nova reza que me ensinaram. Quando chegava a tormenta, e ela vinha sempre, me entregava aos salmos, ao tear ou aos bastidores.

Mas voltando àquele dia de glória, a mesa do jantar pôs-se impecável. Desencaixotei com prazer as louças, talheres e copos que lá já se encontravam antes da nossa chegada. A felicidade era aquilo. Aquilo que balançava em meu peito tinha esse nome. Queria algo bonito para celebrar o dia tão importante para Vitório. Queria a beleza que aprendi a ver servindo em grandes celebrações na imensa sala de jantar dos meus padrinhos. Naquele momento Vitório deixava de ser o filho bastardo do Coronel para ser respeitado por todos como proprietário.

Reservei para ele o lugar ao lado do pai. Por mais que insistissem, me recusei a sentar-me àquela mesa. Servi como fazia na casa da fazenda, e depois me sentei na cozinha com Domingos, meu filho mais novo, e os caseiros. O pirralho ainda não tinha educação para aquela mesa, expliquei entre risos.

A intimidade que mantivemos, eu e o velho Joaquim, desde meus vinte anos, quando se arrefeceu o luto e me vi obrigada a consolar a viuvez do padrinho, não fez de mim a esposa do Coronel.

Nunca pensei em ocupar o lugar da Madrinha. Também é certo que, apesar dos mimos e agrados noturnos, ele jamais me fez promessas. Casamento era palavra impronunciável entre nós. Um homem da sua estirpe nunca se casaria com mulher marcada pela cor e pela ausência dum nome de família. Era natural. Era assim o mundo. A semente dos meus sonhos adormecia na cômoda certeza de que, afora o olhar atravessado dos outros, principalmente da família legítima do Coronel, eu tive uma boa vida. Nada me faltara durante todos aqueles anos. Minha Santa! Minha santinha me ajudava a jogar para longe toda tentativa de pensar diferente. Quem podia contra o destino? Contra os desígnios de Deus? Que outro caminho eu poderia ter tomado? Aceitar a proposta de fuga na garupa fantasiosa de um mascate? Dormir sobre esteiras ao lado de um vaqueiro numa choupana, enterrando a cada ano os anjinhos que não vingavam? Onde aprenderia um ofício? Quem encomendaria vestidos se eu não tivesse a proteção daquela casa? Às vezes me vinha a certeza de que cair nas graças do Coronel talvez fosse o que de melhor a vida me reservara. Assim costurei com rezas, linhas e pontos de arremate as asas do pensamento.

Na primeira gravidez, recebi a mesma atenção que as demais mulheres do lugar. A barriga crescia sob os olhos de todos os que se habituaram a ver com naturalidade, mais cedo ou mais tarde, o ventre abaulado das meninas de condição semelhante à minha. Como as cabras e as ovelhas, as meninas sem nome ganhavam corpo e entravam no cio despertando os desejos incontidos dos machos. Era inevitável. Calú me disse, certa vez, que aquele teto e a doença da madrinha retardaram o meu ventre. Dizia que eu era afortunada.

Preparamos o enxoval com as sobras de tecidos, mas com muito carinho. Não houve suspeita sobre a minha honestidade, por parte do Coronel. Se havia alguma dúvida, o rosto do rebento a dissolveu logo ao nascer. O moleque não herdara de mim mais que a cor escura dos cabelos. O rostinho cor de rosa e doce trazia do pai o formato do nariz, a cor dos olhos, os lábios tão finos que pareciam dois riscos. Traços que com o tempo se acentuavam no formato anguloso das faces e na cor da pele chamando a atenção dos olhares e das línguas no entorno. Diferente do segundo, que veio muitos anos depois.

Vitório, como era de se esperar, não teve a paternidade reconhecida, mas poderia ter se graduado doutor se ouvisse meus conselhos e não fosse tão tinhoso. No registro não constou o nome do pai, mas um sobrenome lhe fora garantido por exigência do cartório. Dos Santos. Dos Santos seria suficiente. Um nome comum que não comprometia a linhagem dos Pedroso de Albuquerque. Assim também foi batizado seguindo a interminável lista de afilhados do Coronel.

Cresceu muito rápido o meu menino. Assim como muito cedo deixou de me perguntar se tinha um pai. Esperto, percebeu que fora da casa grande muitos eram como ele. Não tive dificuldade em convencer o Padrinho de que o menino precisava estudar para compensar a falta do sobrenome. E ele viveu por anos na capital, dividindo o mesmo quarto de internato com um dos netos do coronel que tinha quase a mesma idade.

É certo que devíamos ao nosso Padrinho a vaga no colégio, mas eram os tostões acumulados pelos meus serviços de costureira que cobriam suas despesas. Disso posso me orgulhar. Estudou até descobrir por ele mesmo que naquele mundo entre pedras, coberto de sol e poeira, para alguém sem origem, seria mais vantajoso retornar, sentar seu corpo sobre a sela de um cavalo, ou fincar pé na lida da fazenda sem se incomodar com a inconveniência da sua presença física na casa que não o reconhecia como parte dela. Essa seria a sua escola. Era ali que aprenderia que a vida não se colhia com facilidades, que era da terra ferida em pequenas covas, com pés meninos as aterrando, que germinavam os grãos. E eles haveriam de rebentar em brotos. Esse seria o seu diploma.

Em vida não tomei conhecimento das descobertas que alimentaram sua decisão. Nunca deu explicações. Mas a indiferença com que passou a tratar a família do Padrinho anunciava o que o futuro nos reservava. Assim como eram longas as horas em que se perdia pelas chapadas e cachoeiras só retornando ao anoitecer, quando a fadiga já tomava conta do espaço interrompendo fios de conversa com quem quer que seja.

Ainda assim, aquele foi um dia de alegria. Diante do pequeno oratório, naquela mesma noite, rezamos pela alma de Madrinha Josephina, cantamos louvores em agradecimento e pedindo bênçãos e vida longa ao Coronel, interrompidos aqui e ali pela tosse insistente do velho.

Ele me pediu que o acompanhasse de volta e que só ocupasse definitivamente aquela casa depois de sua partida. Não se sentia bem. Ainda precisava dos meus serviços. Armei uma rede no canto do quarto dele e velei o seu sono intranquilo. Vinte dias? Um mês? Já não sei. Só sei que durante toda aquela noite, a água se despejava das biqueiras sobre a terra com força enquanto o vento chacoalhava o telhado, abrindo brechas para o riscar dos raios. A estação das chuvas voltava a se repetir com regularidade. O Quinze já não era mais que assunto para rodas de conversa repletas de horror. Contudo fazia tempo que não se via aguaceiro igual, rebentando goteiras pela casa inteira. Ele estava calmo e me autorizou a dormir depois do terço. Eu estava exausta. Cochilei enquanto sua alma abandonava aquele corpo cansado.

Junto com o sol da manhã chegaram na fazenda o carpinteiro e a notícia que encheria o dia modificando a vida de Vitório para sempre. O sino da pequena capela badalava a cada hora desde muito cedo, juntando ao seu redor todas as gentes. Lavei e preparei o corpo como se me tivesse sido ensinado toda a sabedoria das mulheres que antes de mim se dedicaram ao cultivo das ervas úteis para luzes e sombras, parteiras de vida e morte. O paletó de linho branco, escolhido por ele para a ocasião, já estava engomado desde os dias de calmaria. Minha missão findava, era hora dos homens. Saí para respirar.

Avistei de longe, as senhoras de branco e descalças entoando incelenças[1]. Outras em seus trajes pretos chegavam aos pares, com suas cabeças envolvidas na negritude dos véus, amontoando-se ao pé das paredes ecoando os lamentos que dignificavam a alma do morto, enquanto os homens depositavam o caixão no meio da grande

1 O termo "incelença" remete a uma ampla coletânea de cânticos executados especialmente em virtude de falecimentos. Uma corruptela da palavra Excelência, para designar cantigas de guarda, de sentinela ou benditos de defuntos. Uma forma de expressão típica do sertão nordestino, especialmente em localidades do Ceará como também presente na região serrana de fronteira com o Piauí.

sala antes de saírem em cortejo rumo à capela. O padre não foi chamado a tempo para o último sacramento, e ali diante do inevitável encomendou a alma entre incenso e cânticos implorando da providência divina o perdão para aquilo que se pudesse entender como pecado daquele homem temente a Deus. A solenidade do latim trazia a certeza paradoxal da finitude e da eternidade, fazendo parecer sem sentido as frases murmuradas aos filhos, nora e netos ali reunidos:

– Tão de repente! Quem podia imaginar que já estava tão perto.

– Ainda ontem o vi na varanda e o cumprimentei.

– Tão forte ainda! tão vigoroso!

Afoguei a minha angústia na chaleira de água fervente, abafando-a entre o cheiro dos paus de canela, da cidreira e do pó de café. Enxuguei a teimosia das lágrimas na ponta do avental, por diversas vezes. Era a terceira vez que aquilo apertava com força o meu peito. De novo as incertezas nublavam o amanhã. Da primeira, a memória era rala e carcomida de fogo e fumaça. A única certeza que tenho é que algo além de mim providenciara um jeito de me manter viva. Na segunda, perdi a proteção que despertava a inveja dos meus iguais. Qual a razão de sua grande afeição por mim? Nunca procurei a resposta, mas não tenho dúvidas de que devo a ela o ofício que carreguei comigo. Perdi o chão, e em meio àqueles rituais eu esperei o pior dos mundos. De novo o tempo me trouxe a graça.

Na terceira, já não tinha direito ao desespero. Tinha um filho crescido, trabalhador, proprietário, que não haveria de renegar a mãe ou não oferecer um teto. Um teto. Eu não queria da vida, que já tinha me dado tanto, mais que isso. Fiz questão de postar-me ali onde era o meu lugar. A família, os parentes e os amigos seriam servidos na sala como tinha que ser. Cabia a mim dizer aos criados que cuidassem em repor no aparador as jarras, os bules, xícaras e pratos recheados de petas e bolinhos de polvilho. Ainda assim, meu olhar se distanciava alcançando mais que tristeza. Uma aflição que não se justificava apenas pela morte, que eu já esperava. A aparência do Coronel nos últimos dias poderia enganar aos outros, mas não a mim que o conhecia tão de perto. Desde que retornarmos do Vale do Sossego, a palidez tomou conta do seu rosto, assim como uma sonolência interrompida de quando em quando pelos acessos de tosse que estavam cada vez mais frequentes. Avisei que mandaria buscar o médico do povoado, mas ele me convenceu que de nada servia os unguentos e xaropes. Meio sem jeito, perguntei se devia chamar o padre. Ele respondeu que entre ele e Deus não havia intermediários. Acrescentou que era tempo de aquietar, e para isso bastava a minha presença. Logo, logo tudo se resolveria. E era esse tudo, tão desconhecido quanto o ventre da morte, que, talvez, me inquietasse.

Entre uma lágrima e outra, encontrei os olhos límpidos e endurecidos do meu filho Vitório. Com o suor escorrendo pelo rosto, ele se sentou no alpendre da cozinha e pediu que lhe servisse uma água e um café. Quis abraçá-lo, mas fui afastada com a rispidez que tomara conta do seu comportamento desde que ele regressara da capital. Desde quando deixou de ser o menino doce e levado, o moleque livre dos pastos e colinas e de um inseparável acordeom para se tornar um homem embrutecido. Sua pele estava queimada de sol e as mãos feridas pelo excesso de trabalho naqueles dias. Muito antes de receber o documento de proprietário, já passava mais tempo no Vale do Sossego do que na sede da fazenda. Nunca entendi o que ele tanto buscava. Dizia estar preparando a terra para a primeira produção que agora podia chamar de sua. As fornalhas, o engenho, já estavam instalados, os brotos da cana-de-açúcar e do algodão já davam sinais de vigor. Despejei na bacia de ágata um pouco da água de flor de laranjeira que fervia no tacho para perfumar os lençóis, e lavei os ferimentos do meu filho para que ele pudesse se apresentar na sala em que se estendia o corpo do Coronel e cumprir o ritual de despedida. Foi tudo o que ele me permitiu fazer.

Os ânimos estavam acirrados desde que os herdeiros tomaram conhecimento da escritura do Vale do Sossego, e da quantidade de cabeça de gado que os vaqueiros tocaram para lá. Embora tudo estivesse anotado pelo pai, e o gado conferido minunciosamente pelo capataz da fazenda, diziam que aquilo eram artes de feitiçaria, da influência que eu exercia sobre o velho Coronel. Aproveitei a proximidade para lhe pedir que não erguesse a voz e soubesse ser humilde diante de todos, reconhecendo o seu lugar.

Vitório guardou dentro de si toda a humilhação, olhares enviesados e provocações daquele dia interminável. O sol já se escondia atrás dos montes quando a última pá de terra e cal foi jogada sobre a cova do morto, fincada a cruz forte o suficiente para suportar as coroas de flores e o último hino foi entoado sob os respingos da água benta. Só muito depois se edificaria sobre a cova, a sepultura de cimento e pedras com inscrição do nome. Uma espécie de mausoléu ao lado da capela, modesto em seu traçado, mas suntuoso para o lugar, o que obrigava a família a mantê-lo sempre aberto às visitações.

Não esperou que se completassem os dias das rezas noturnas no alpendre pela elevação da alma do Coronel. Na manhã seguinte ao enterro me deu ordens: que eu fizesse uma trouxa com meus pertences pessoais na presença das filhas do Padrinho. Retirasse as argolas de ouro que adornavam minhas orelhas, o broche com a medalha de prata e outras pequenas bugigangas inúteis, catasse tudo e as entregassem juntamente com as peças de tecidos da última leva, que ainda se guardavam no baú esperando encomendas. Protestei. Gritei que era a sua mãe. De nada adiantou. Mandou que eu me calasse e apressasse o passo que ele tinha muito o que fazer. A ordem é que eu deveria sair daquela casa tão leve e desprovida de luxos quanto no dia que entrara. Desta vez, não acomodada medrosamente na sela de um desconhecido, mas na garupa do filho cujos esforços o fazia merecedor do cavalo que a levaria dali. As palavras foram gritadas para que as paredes da casa as registrassem e não duvidassem do timbre de quem as proferia. Como fiz a minha vida inteira, obedeci e pedi desculpas aos ouvidos surpresos pelo comportamento do meu filho. No fundo da minha alma não desejava que as coisas tomassem esse rumo. Depois de tantos anos, eu tinha por todos uma grande estima. Na minha cabeça desmemoriada, eu devia e eles a minha própria vida e a vida dos dois que vieram de mim.

Sem aparentar constrangimento, as filhas do Coronel nada disseram aceitando e executando de bom grado a inspeção. Acho que foi naquele instante que no meu peito se plantou por definitivo a semente dos silêncios, de não ditos, de luto, de austeridade e obstinação. Ou, talvez, as pedras por ali se alojaram dificultando o correr das águas. Compreendi, por fim, que para pessoas nascidas como eu a única chance de felicidade se escondia no tempo que se acomodava entre as tristezas, como uma prega pinçada por acaso e esquecida nas saias do meio.

Sei que me alongo neste relato. Peço paciência porque preciso dizer que duas surpresas ainda me aguardavam na chegada naquele que poderia ter sido um lugar de sossego. Antes, devo contar que no mesmo instante em que Vitório riscou o chão com o cajado, marcando a separação definitiva das terras e ordenou a seus homens que arrancassem a porteira e erguessem uma cerca bem forte no seu lugar, no mesmo molde daquela que corria toda a divisa fechando por completo a passagem, uma fagulha se acendia no imenso canavial que ficara para trás. Longe dali é certo. Soubemos da estranha coincidência pela fumaça que turvou o horizonte. Assim como soubemos da dificuldade em controlar o fogo, pois o veio d'água mais próximo agora corria por inteiro do lado de cá do cercado.

Já em casa, Vitório ordenou-me que tomasse um banho e pusesse o melhor vestido e em Domingos o melhor traje. Por volta do meio-dia chegaram o padre e os pais da noiva em comitiva. O banquete foi servido para que as apresentações acontecessem enquanto saboreavam a refeição. Fizemos a sesta enquanto aguardávamos a tarde cair e a chegada da noiva e madrinhas. Não convinha o noivo ver a noiva antes da hora, mas por segurança a comitiva do pai viera antes. A surpresa não foi de todo desagradável. A prosa do vizinho era boa. Parecia ter muito apreço pelo meu menino. Cabia a mim a resignação por não fazer parte dos que mereciam a confiança dele.

Maria Guilhermina já não era tão jovem. Alguns anos a mais que Vitório, certamente. Houve quem espalhasse que a moça sofrera uma decepção anterior e tornara-se reclusa até a chegada daquele vizinho que por algumas vezes se abrigou na casa do seu pai na época da demarcação das terras.

– Jovem trabalhador, esse rapaz!

Dinha, a menina que acompanhava Maria Guilhermina, repetia para mim o que ouviu do pai da noiva por diversas vezes quando via meu filho sumir na porteira. Dizia que ele falava coçando a barba de preocupação com a solteirice da filha e a dor no peito que anunciava o encurtar dos seus dias. De tanto que a coisa se repetiu, Maria Guilhermina também começou a ver graça na prosa, no azul dos olhos contrastando com a vasta cabeleira preta que descia sobre a testa e na disposição do rapaz. Terras vizinhas, água farta, um jovem trabalhador, uma filha triste e abandonada, pediam um casamento que se arranjasse sem alardes, sem formalidades e sem anel.

Duas semanas antes da partida do Coronel Joaquim S. Pedroso de Albuquerque, o pai sentou-se na cadeira de balanço do alpendre, espantando os mosquitos.

– Maria Guilhermina, esqueça essa história de convento! O moço tá interessado.

Ao que ela sorriu, e seu riso tão raro lhe bastava. Naquele chão não se plantavam floreios entre palavras. Duas semanas foi o tempo de se fazerem os arranjos na paróquia, dos noivos se sentarem na varanda apreciando o tempo e a lua, de se escolher no terreiro e enviar à cozinha do vizinho os perus, as galinhas e os leitões mais cevados, de lavar com anil e estender ao sol o enxoval intocado, passado a ferro em brasa e goma para matar germes que crescem no escuro do abandono e ganhar na alvura vida nova.

A segunda surpresa veio pouco antes da hora marcada para o casamento. Ajoelhei-me no oratório que agora estava instalado no quarto que Vitório designara para mim. Um ambiente acolhedor com boa luz: um armador, uma rede larga, um enorme tear de madeira ocupando toda a parede lateral, um baú e o oratório. Domingos dormiria no quarto destinado aos homens. Vitório decidira que já era hora de o menino soltar a barra da saia da mãe e participar das conversas dos machos. Acendi a vela e pedi à Santa proteção para meus meninos, que a nora fosse uma boa esposa, que vingassem os netos, que seus partos fossem tranquilos, que os céus não lhe reservassem o mesmo destino da mãe. Abri a pequena gaveta para guardar o terço e vi no fundo uma caixinha. Dentro dela um anel e um bilhete escrito em letra trêmula e difícil de ler:

Por tudo que lhe devo, é seu por merecimento.

J. S. Pedroso de Albuquerque.

O brilho da pedra ofuscou a minha vista e o pensamento. Pus no dedo sem me preocupar com o que diria Vitório. Reconheci de imediato. Sim, era uma das muitas joias da madrinha. Às vezes, ao ajudá-la a se trocar, me pedia que abrisse o baú e escolhesse o que combinava. Cada joia trazia uma história. Sobre aquele anel explicou que o ganhara quando nasceu o varão da família depois de duas meninas. Falou da alegria do Coronel. Olhei para minha mão morena, meus dedos alongados e unhas limpas: achei que ficava bem. Nunca usara nada parecido. O único ouro que tocara antes a minha pele foi o par de argolas pequenas que ganhei no dia do batismo e Vitório me forçara a devolver. Por um segundo, me senti a segunda esposa do Coronel. Eu também lhe dera um varão. Viajei por cada detalhe das ligeiras insinuações até a primeira noite em que estivemos juntos. Do tremor que percorreu meu corpo sob o manso deslizar das mãos experientes e decididas de Joaquim, como se já conhecesse a profundidade de todas as minhas curvas.

Do lento desfazer da trança para atiçar seu desejo com o brilho do cabelo escorrendo sobre meu corpo nu. Do peito peludo e a inesperada firmeza dos músculos que a nudez revelava. Do medo de não saber agradar. Da vergonha que sentiria nas manhãs quando Calú e os demais curiosos desconfiassem do que estava acontecendo. Da ânsia que passei a sentir ao anoitecer. Da agonia que atormentava a espera por ouvir novamente as batidas na porta do quartinho, que me foi destinado durante a doença da minha Madrinha. De como as noites seguintes apagaram os resquícios de vergonha e timidez. Da quantidade de vezes que aquilo se repetiu até tudo se abrandar, ou desaparecer por completo com a chegada do pirralho que em nada lembrava o pai e diziam ser uma cópia da mãe.

De como a esperança boba que se plantara no fundo do meu peito aos poucos foi murchando, para dar lugar a certeza de que eu jamais poderia me tornar uma mulher respeitada como Dona Josephina, suas filhas e noras. Não nascera para isso.

Um rojão anunciou a chegada da noiva. Corri para postar-me ao lado do meu filho, como era o meu dever. Não sem antes me certificar de que o bilhete ficaria bem guardado. E o anel seria usado sem nenhuma explicação, assim como a aliança no dedo do noivo.

Como se fosse possível emendar o passado

Quando Luísa, neta de Bárbara, passou a viver com a filha na capital, a doença já avançava além da sua memória. Já impedia suas pernas de andar e, às vezes, ela precisava de ajuda para coisas mínimas como pentear o cabelo, escovar os dentes e levar à boca o alimento. Era o primeiro ano do novo milênio. Mina precisou fazer adaptações no seu estilo de vida de mulher solteira, autônoma, independente. Adequar o seu amplo e bem decorado apartamento. Contratou pessoas que se revezavam no cuidado contínuo que se estendia da nutrição aos exercícios de voz e respiração. Por vezes a mãe a reconhecia, chamava pelo nome e repetia histórias fragmentadas sobre os antepassados, ou sobre o irmãozinho. Outras vezes se fechava em silêncio. O mesmo silêncio que Mina conhecia de sua vida inteira. O silêncio que atravessou sua infância. O silêncio que se aprofundou em duas décadas e meia de afastamento. Talvez um pouco acentuado pelos gestos desconexos, a falta de mobilidade que dificultava o desvio voluntário da secura do olhar.

A caixa de fotografias antigas a despertava, como se aqueles registros fossem o último elo com o mundo real. Funcionava como um interruptor para acionar interesse e lembranças. Foi por esse tempo que aquela mulher começou a aparecer em sonhos. Foi também por esse tempo que o único retrato de sua bisavó Bárbara com os dois filhos, feito por um artista ambulante que visitara o Vale do Sossego nos tempos de fartura, ganhou nova moldura e espaço acima do aparador da sala. Ao lado, uma fotografia de Luísa ainda muito jovem.

A mulher dos sonhos tinha alguns traços do retrato, como a cor da pele. As mãos eram magras com dedos alongados. Sobre o rosto usava um véu azul que não deixava transparecer os detalhes. O que dizia era quase sempre incompreensível para Mina, que precisava exercitar seu poder de dedução para encaixar cenas e palavras em pedaços de histórias contadas pela mãe. Uma das formas de conseguir esses encaixes era reativar suas próprias lembranças, escrevendo uma espécie de diário retroativo e um diário dos sonhos atuais, dentro da correria de sua vida de executiva no mundo financeiro. Fazia anotações ao despertar. Às vezes, assim preenchia os espaços entre uma reunião e outra. Preferia almoçar sozinha sempre. Era essa a hora que se dava de presente o silêncio no meio do turbilhão, para despressurizar e deixar a mente aberta para os clarões tanto da memória quanto para outras questões de sua rotina, retornando serena e muitas vezes com a solução do problema que ficara pendente, por dias seguidos, na mesa de algum dos seus colegas.

Coisas assim lhe garantiam o respeito, apesar de que muitos a considerassem uma mulher esquisita. Havia especulações sobre o seu modo de vida, mas ninguém duvidava da capacidade de sua mente analítica, da ousadia de apontar saídas inusitadas para situações complicadas.

Estava a caminho de casa quando decidiu retornar e seguir para o clube. Não queria chegar carregando nos ombros o peso do dia e aquela angústia sufocante. Ou, talvez, quisesse apenas adiar a chegada. Pensou em Júlio e na sua voz repetindo:

– Tem certeza que vai ficar bem? Tem certeza que suporta olhar para ela todos os dias?

– Fazer o quê, Julinho? A vizinha diz não ter mais condição de ajudar.

– Mas por que você? Cadê os outros?

– Não quero saber. Foi pra mim que a moça ligou. Não tenho saída.

– Por que não uma instituição?

– Me sinto obrigada. Não sei explicar.

Por telefone, a cuidadora dissera que estava tudo bem e ainda faltava uma hora para a troca de turno. Teria tempo para cansar o corpo e jogar fora a carga tóxica do escritório nas braçadas apressadas. Certificou-se de que carregava no banco de trás a mochila com maiô, óculos, touca e um roupão. De longe cumprimentou o instrutor e mergulhou naquela imensidão azul, sentindo sobre cada centímetro da pele o fascínio e poder que a água exercia sobre seu corpo. A sensação de pressão real, talvez. Ou o embate entre a força líquida e a solidez do corpo deslizante, como se houvesse naquele momento o reconhecimento de que a vida retornava com maior controle. O controle sobre as emoções que a racionalidade não alcançava. Entre o mergulho e a respiração os pensamentos tomavam forma, lançando-a em outros mundos sob o ritmo acelerado das pernas.

Tudo que quero guardar de minha mãe é a suavidade no semblante e o riso daquela fotografia, pensou. Ganho isso como recompensa. E esse pensamento se repetia e se alargava na tentativa de abafar todas as mágoas e ressentimentos. Era estranho esse desejo de um vínculo ao qual ela negava existência.

Era estranha essa necessidade repentina de querer que a realidade tivesse sido outra, como se fosse possível emendar o passado. Saíra de casa, antes dos quinze anos, para estudar. Era natural para quem nascia naquele lugar cercado de pedras e perdido no nada. Sem dramas ou dificuldades de adaptação. Entendendo rapidamente que tomar um ônibus, aprender a se deslocar em uma cidade grande, defender-se sozinha, comprar livros, dividir quarto de pensão e estudar era o que todas as meninas de sua condição faziam.

Os retornos foram raros, rápidos e secos. Não tinha motivos para voltar. A única pessoa que amava já não estava lá. A separação abrupta do irmão facilitara o corte das amarras que poderiam prendê-la àquele lugar triste. Júlio fora enviado a uma escola militar preparatória para o curso de oficial por imposição do irmão mais velho, com respaldo dos tios, para se tornar homem. Sem despesas. Abrigo, educação e bolsa para pequenos gastos. Um futuro garantido, era o que todos repetiam sem dar a Júlio a chance de se manifestar.

E ele aceitou: se preparou arduamente para passar nos exames. Mina conviveu por muito tempo com a certeza de que ele não estava bem: sem notícias, sem contato, sem o cheiro, sem o carinho, sem o calor do corpo que ajudava a adormecer todas as noites desde o útero materno, sem os cuidados do seu pequeno herói de infância.

Não perdoava o próprio irmão nem a mãe pela passividade e falta de atitude. Talvez por isso tenha ficado gravada na memória a ansiedade e sua falta de jeito na véspera da partida. Uma inútil tentativa de aproximação no último instante, quando a distância entre as duas já havia criado um fosso de margens inalcançáveis.

Primeiro pela diferença de idade. Mina e o irmão nasceram quando Luísa já não mais acreditava na possibilidade de engravidar. Em seguida veio a morte do marido e todas as dificuldades financeiras que a obrigou a retomar contato com os paredões do Vale do Sossego: aquele lugar onde se aprendia a calar diante do que viam, ouviam, sentiam.

Não entendia a razão de tamanha resignação, do olhar perdido, da tristeza sem trégua. Lembrava de vê-la rezar no oratório da bisavó repetidamente. Persistia aquela ideia vaga de ver arrancados de seu dedo as alianças e o anel. Mais forte vinham as marcas de toda a austeridade que os cercavam. Sem superficialidades como festas de aniversário ou de Natal. São João se comemorava na Igreja e só. Para eles só o eco dos fogos distantes, a fumaça das fogueiras e a sequência de grave/agudo da zabumba cortando o piado dos pássaros noturnos.

Era incompreensível e até conflitante a bondade que os alimentava e não se encaixava no significado da palavra generosidade ou acolhimento. Não se desperdiçava nenhuma oportunidade de alegações sobre os favores feitos, bem como sobre a situação vexatória e vergonhosa que Luísa impusera à família. Situação que a Mina nunca foi esclarecida. Cabia-lhe as deduções e a imaginação.

– Em nome do pai, do filho, do espírito santo. Senhor vos damos graças pelo alimento que recebemos de vossa liberalidade.

– Amém

– Não deixem nada no prato. É sinal de ingratidão.

Os pratos feitos sobre a mesa com um lugar reservado para cada um, sem direito à escolha. O olhar severo do avô vigiando o comportamento. O desentendimento sempre presente no primeiro momento em que alguém abria a boca para contar sobre o dia. Um resmungo. Um fungado. Um choro engolido. O desligar do lampião. O acender das miúdas lamparinas. Um aviso na porta do quarto em que as redes das crianças se enfileiravam.

– Não esqueçam das penitências! O teto e as paredes e as redes não caíram do céu. Não há grandeza sem sacrifício. Não há perdão sem merecimento.

O cinismo alcoolizado e provocativo do tio Mundico, em resposta a algum murmúrio sob os panos, reverberando madrugada adentro, enquanto a mente cansada de Dinha encompridava histórias e cantigas para fazê-la dormir.

As imagens da véspera de sua partida agora eram persistentes. Naquela noite, Luísa contou que também tinha tentado partir. Estava tudo pronto. A mãe, Maria Guilhermina, tinha preparado para a filha um enxoval, de acordo com a recomendação do internato para moças. Um tanto a contragosto. Concordou ao pensar no que poderia ter sido evitado se naquele maldito dia o cunhado Domingos já estivesse no Seminário.

Até aquele dia Mina nunca soubera da existência de Domingos, o filho mais novo de Bárbara. Um nome na sepultura. Só. Por que mencionar aquele nome naquela hora? Voltava às palavras truncadas da mãe. Ela dizia que Maria Guilhermina não entendia como uma moça poderia trocar o conforto da casa dos pais, a possibilidade de conseguir um bom marido e filhos para ser professora. Que deixasse isso para os homens. Onde encontraria trabalho? Que vantagem havia em andar por aí a depender da boa vontade dos outros?

Luísa contou também que quanto aos irmãos, só recebia apoio de Bernardo, o substituto de Mundico, nos desejos do pai sobre faculdades e diplomas. De novo vinham nomes nunca pronunciados para Mina: Tio Bernardo? Quem era Tio Bernardo? Por que não se falava dele? Luísa não ouvia suas perguntas. Dizia que Bernardo era afeito às palavras e capaz de compreender todos os seus anseios: nas cartas semanais, expunha o entusiasmo por sua dedicação aos estudos. Dizia ter conhecido garotas, como Luísa, que iam além do curso Normal e entravam na faculdade.

Quanto a ele, Bernardo, tinha feito muitos amigos. Gostava muito de um deles, um poeta que conhecera no curso de Filosofia. Iria apresentá-lo a Luísa. Confessava um segredo: estava muito propenso a largar a faculdade de medicina, por isso já frequentava aulas no departamento de filosofia como ouvinte.

Bernardo não conseguia dormir com aqueles cadáveres da sala de anatomia. Gostava de ciências e da química em particular, mas não se via como médico. Por outro lado, aquelas leituras e discussões, indicavam que o vazio presente em sua vida, desde menino, poderia enfim ser preenchido. Isso também ajudava a entender com mais profundidade o desejo da irmã em ser professora. Contaria os detalhes e discutiriam o assunto quando chegasse no Vale do Sossego.

Teve os sonhos desfeitos quando, diante da grande mesa da sala de jantar, Mundico levantou a voz:

– Um brinde à boemia, aos poetas, aos assassinos e à perdição!

Visivelmente embriagado, Luísa dizia. Isso Mina conhecia. O tio que vivia embriagado. A carta, Luísa repetia. Que carta? A carta em que Bernardo confessava à irmã as suas dúvidas sobre o curso de medicina e sua amizade com o jovem poeta. Em que fazia longas exposições sobre o ar independente e inteligente das moças que tanto o encantava, e de como ele via grandes possibilidades de Luísa se tornar uma mulher admirável. Os protestos e a indignação dos irmãos mais novos fizeram efeito contrário alimentando o tom sarcástico e o cinismo dos comentários de Mundico.

– Mas, é no último ato que matamos todos! Não é assim nas tragédias, meus amados meninos intelectuais?

E seguiu revelando que investigara a origem do tal poeta. Ainda tinha amigos na capital, fazia questão de lembrar. O atencioso conselheiro do seu irmãozinho era, nada mais nada menos, que um legítimo herdeiro dos Pedroso de Albuquerque. Filho do desgraçado cuja alma fora levada para o inferno pelas águas do riacho que descia da serra, na noite de cheia, na mesma noite em que a avó Bárbara deixou de ir à cozinha para fumar o seu cachimbo.

É certo que fora criado longe dali, com a família da mãe na capital, mas sabe se lá que intenções ele tinha para se aproximar? Ao ouvir aquilo, o pai bateu a mão violentamente na mesa e ordenou que almoçassem calados como pessoas civilizadas. Ninguém ousou desobedecer, embora a comida entalasse. Antes que a compota de goiaba fosse servida, Vitório anunciou que a partir daquele dia nenhum de seus filhos botariam o pé fora de casa com a desculpa de estudar. Gritou com o dedo em riste:

– A mãe de vocês não carregou vocês no bucho por nove meses, pariu um a um entre dores, e nem passou a vida inteira labutando nestas terras, debaixo de sol e chuva, sentindo nas fuças o fogo das fornalhas para criar idiotas que se deixam levar no bico por palavras bonitas. Bernardo, vai largar a faculdade de medicina? Tá certo!

Pois sua filosofia vai ser um barracão de cera, vai filosofar muito na beira dos caldeirões.

Entre braçadas, Mina tentava se livrar das histórias mal contadas que a presença da sua mãe obrigava reviver. Lembrava dela relatando que da primeira vez, o encontrou desmaiado no laboratório do pai e de ter acompanhado em um hospital durante meses. Dizia que o médico a tinha alertado de que fisicamente Bernardo estava bem.

Mas isso não significava que sua vida não estivesse em risco. A palavra que definia a situação não seria pronunciada. Nem entre os paredões do Casarão do Sossego, tampouco ali em uma casa simples, naquela noite diante da mala duma adolescente que queria viver.

No entanto a palavra se impôs. Da segunda, Luísa ouviu o grito do pai. Ao ouvir o segundo berro, Luísa deslizou escadas abaixo e o encontrou de joelhos com o rosto colado na camisa ensanguentada de Bernardo. A pistola ainda fumegava ao lado da sua mão. O tiro acertara o peito, ele já estava morto.

Ela guardava o bilhete encontrado no bolso da calça. O bilhete cujas palavra Mina nunca conseguira esquecer. O bilhete: "Uma dor informe que não sei de onde vem. Sou incapaz de lidar.". Por que aquilo àquela hora? Mina revivia cada palavra e o tom dos seus gritos cortando a madrugada. Histórias lamuriosas não a impediriam de ir embora daquela casa. E Júlio? Por que ela empurrara Júlio? Queria que ele repetisse o destino do tio do qual ele nem soubera da existência?

Mina saiu da piscina sentindo-se aliviada. A tempestade de pensamentos parecia, enfim, acalmada. Os músculos cansados lhe proporcionavam instantes de leveza. O assunto, agora tão distante, parecia não mais causar as mesmas inquietações que na adolescência canalizaram para uma raiva incontrolável.

Ao abrir a porta do apartamento, viu que Luíza acabara de jantar e estava na varanda vendo TV, enquanto a moça do turno da noite lhe massageava as pernas e os pés com óleo de semente de girassol. Sentiu vontade de beijá-la, e o fez esforçando-se por parecer natural. Não era natural. Assim como não fora aquele longínquo momento de despedida. Odiava aquela mãe inerte que lhe despejara em uma madrugada uma tragédia digna de Shakespeare para justificar sua comodidade doentia. Nada anularia a sua revolta. Não queria saber de suas justificativas para aquele comportamento degradante. Invejava as fotografias de mães felizes que as outras pessoas exibiam. Aquela mãe que parecia carregar sobre as costas o peso do mundo, a imagem da vítima, não lhe servia.

Ao olhar para aquela Luiza envelhecida sobre uma cadeira de rodas, que invadira sua privacidade e fizera desmoronar a vida boa que ela conquistara, Mina ponderou se deveria pedir perdão sobre todos os impropérios gritados naquela madrugada, sobre sua saída sem despedida e com o forte desejo de nunca mais retornar. Mas o antigo questionamento ainda estava lá: como, depois de ter seus sonhos interrompidos ou depois de ver um irmão escolher a morte como alternativa à imposição de uma vida sem sentido, ela tivera coragem de empurrar um filho para o mesmo caminho?

Mas Júlio não era Bernardo. Se Júlio conhecia aquela palavra proibida, Mina não percebeu. Talvez fosse tarde para pedir perdão. E o gesto jamais seria natural. Luísa apenas esboçou um leve sorriso e balbuciou alguma coisa sobre a beleza da moça educada que a cumprimentava sem conhecê-la.

Já no quarto, depois do banho com água fria, muito creme no cabelo, óleo de menta e alecrim na pele para reter por mais tempo a hidratação, Mina reviu a agenda para a manhã seguinte. Visitas a clientes lhe tirariam do escritório por um bom par de horas. Estava empolgada com a nova função na área de financiamento a empreendedores.

Foi até a cozinha, esquentou algo para comer e preparou uma bandeja com chá e biscoitinhos que levou até a varanda. Na TV, como sempre, nada interessou. Levantou-se. Verificou os e-mails. Nada, nada de notícias do irmão. Não sabia onde ele estava naquele exato momento. O fotojornalismo o levava para todos os cantos do mundo e garantia a vida repleta de desafios. Depois surgiram os projetos fotográficos, longe das notícias. Um trabalho que se encaixava bem com seu desejo de desaparecer. Solteiro e sem filhos, dizia que não tinha o direito de impor a uma criança a crueldade do mundo. Apesar da falta de contato e ao contrário dos anos obscuros da adolescência, Mina sabia que ele estava bem. Sentia isso, assim como sentira quando ele não estava. Aprenderam no útero e no berço a cuidarem um do outro. Ainda assim, queria conversar com ele. Dividir o peso da decisão. Justificar a tal decisão unilateral pela mudança da mãe que lhe causara tantos transtornos.

Falar da confirmação da doença, de como ela não tinha mais condições de viver naquela cidade pequena, cuidada de qualquer jeito e sem os recursos terapêuticos. Falar daquele sentimento que impunha a obrigação de cuidar passando por cima de todos os ressentimentos e indiferenças que preencheram décadas de separação.

Deixou vários recados nas secretárias eletrônicas dos últimos números que ele enviara. Agora era aguardar. Quando retornou, Luísa já estava no quarto. Sentou-se no cantinho da cama da mãe com algumas sugestões de livros para lerem naquela noite. Se dariam continuidade ao *Vidas Secas*, ou não. Gostava de sentir que aquele era um momento de prazer para ela também. Afinal, lazer era uma palavra que Luísa desconhecia. Ou, talvez, tivesse desaprendido no correr dos lutos, das obrigações, da resignação, da obediência. Já para a filha que aprendera a vencer o mundo sozinha, se não fosse por prazer nada valeria a pena. Trancava-se no quarto, lia até ser derrubada pelo sono e depois ser desperta pela intranquilidade dos sonhos. Pelos batimentos cardíacos acelerados, o suor e aquela aflição que a impedia de respirar.

A noite seguinte foi tranquila. Luísa recusara os livros.

Queria a caixa de fotografias. Fitou a foto do marido ainda jovem, trajando uma farda do exército. Apontou com dificuldade o dedo sobre a imagem para chamar a atenção de Mina. Parecia ser por ocasião do serviço militar. A data que constava no verso estava meio apagada. 1940? Talvez. Disse duas ou três palavras sobre medo e guerra.

– O medo de ser convocado para a guerra?

Com um gesto de cabeça Luísa confirmava para Mina uma novidade sobre um traço que o humanizava. Sempre lhe disseram que o pai fora um *bon vivant*. Um homem bonito, corajoso, empreendedor, mas que entendeu muito cedo que a vida era curta e merecia ser gozada com intensidade. Um traço que o afastava da austeridade que cercava a mulher por quem se apaixonara. E assim viveu a sua vida encurtada sem muito se preocupar com o que poderia acontecer aos filhos depois que ele se fosse.

Luísa queria falar. Tentava contar pequenos histórias, sempre voltadas para a bondade do marido. Algo a impedia de continuar. As frases truncavam. Não conseguia ligar as palavras com nexo para que a sentença se completasse. Ficava irritada. Mina pediu à cuidadora que pusesse uma música suave para que ela se acalmasse. Era essa a orientação da geriatra que a acompanhava. Estimular a memória era uma forma de retardar a progressão da doença.

Talvez fosse tarde demais também para Mina conhecer o pai. Além do tempo e da morte, se intrometia entre eles uma doença que apagava a história adormecida em décadas de silêncio.

Bárbara (1926-1936)

Era grande a movimentação na cidade por ocasião dos festejos da Santa. A bem da verdade, era o único período do ano em que as ruas e praças fervilhavam. Nem mesmo as grandes feiras em tempos de fartura, ou os comícios que antecediam as eleições eram capazes de juntar tanta gente.

Nove noites de festa religiosa no patamar da igreja e nos terreiros encobertos, bem como outras nem tão sagradas pelos becos e casas noturnas mais afastadas. Mesmo naqueles confins o sagrado e o profano encontravam um jeito de andarem jutos, interligados como partes de um mesmo acontecimento. Era reza, tambores e diversão para todos os gostos. Para as moças recatadas e as crianças não faltava a emoção nos balanços dos parques, nos picadeiros e trapézios dos circos e nos doces, jogos e novidades das quermesses.

Mas o importante é lembrar de um fato que se passou no ano de 1926. Ali mesmo ao pé do altar que se instalava do lado de fora da igreja para a missa campal e, que depois de retirados os cálices, ostensório do santíssimo, paramentos e outros objetos litúrgicos, se transformava na mesa do leilão. Ali onde se depositavam as prendas oferecidas pelos fiéis, alguém se postava em cima de um banco com um megafone e começava a arrecadação para as obras da Igreja.

Era preciso ficar de bem com a Santa, com o padre e com o bispo, e ainda ostentar a medalhinha de equipe vencedora do ano. Isso explicava o entusiasmo com que os grupos se dedicavam à noite sob sua responsabilidade. Cabia-lhes a organização e o incentivo à participação das pessoas. A disputa entre os grupos para ver quem apresentaria a noite mais bonita, ou quem proporcionaria a noite mais rentável, acendia o ânimo do lugar.

A noite dos agricultores era a mais esperada. E não podia ser diferente num lugar em que a principal fonte de renda vinha da terra. Ali se misturavam grandes fazendeiros, pequenos produtores, vaqueiros e trabalhadores rurais avulsos, uma vez que todos eles creditavam aos céus as safras boas e as ruins. Já se contavam dez anos do grande flagelo. Ninguém duvidava de que era Deus, e a Santa ao seu lado, que controlava o volume das chuvas, as pragas, a estiagem e as grandes secas que apavoravam toda a gente da região. Pouco importava, se durante o resto do ano viviam às turras em brigas por um palmo de terra que uma cerca avançara, pelo desaparecimento de um ou outro novilho, por um cabrito que nascia ao pé da cerca e caia discretamente para o outro lado, pela água do riacho desviada em pequenas barragens, por um vaqueiro que se bandeava para outro patrão falando mal do primeiro, pelos cabras contratados para ficar de olho e incendiar as choupanas dos retirantes que tentassem se instalar ou dos pequenos proprietários que não queriam ceder suas terras por uma bagatela.

Não seria justo dizer que viviam em pé de guerra o tempo todo, pois muitos eram compadres, amigos, primos, irmãos. No entanto, o céu era o céu, terra era terra, novilho era novilho e a prosperidade só chegava sob o olho bem aberto do dono.

Recebida a benção final, minha nora Maria Guilhermina juntou os três meninos e a pequena Luísa para levá-los ao parque, como se a barriga de seis meses não lhe causasse nenhum transtorno. Não se cansava. Contava com a ajuda da menina Dinha, que crescera, já andava de namoricos, mas era incapaz de abandonar a sua patroa. Como diziam, Dona Maria Guilhermina era uma mulher cheia de disposição. Não tinha interesse no leilão. Que o marido se divertisse nas poucas horas que se dispunha. A tristeza que um dia alimentara sua solidão foi vencida pela vida ao lado daquele homem esquisito que o destino pusera do outro lado da cerca, e dos filhos que nasciam um após outro em intervalos regulares. Aquilo era o melhor sinal da saúde do seu corpo que não se dobrava ao tempo e calava a boca do povo do lugar. Afastaram-se em pequenos passos com uma lua enorme a iluminar o caminho até a praça, encobrindo-se de vez quando a luz se perdia entre as nuvens ou os galhos das figueiras.

Os mais afoitos já se aproximavam para darem lances e arrematarem as primeiras joias do leilão, enquanto a voz do gritador se espremia no amplificador do megafone:

– Quanto me dão por um capão assado ofertado por Dona Ana? Quanto? Foi isso mesmo que eu ouvi?

– Foi sim, senhor!

– Quem dá mais? Quem dá mais? Dou-lhe uma... dou-lhe duas... dou-lhe três...

É seu, Dr. Vitório!!! A Santa agradece a sua generosidade!

E tudo recomeçava. Uma leitoa reluzente em seu sono profundo sobre uma cama de farofa, cebola, tomates e folhas, saída do forno do Senhor Antero. O bolo de macaxeira de Dona Filó. Quanto me dão? Dou-lhe uma! Dou-lhe duas! E na terceira já tinham um dono que exibia um sorriso vitorioso enquanto dividia com familiares e amigos as guloseimas acompanhadas de um gole da melhor pinga da sua dorna de umburana ou do licor de frutas dos quintais.

Exausta, me sentei ao lado dos meus filhos para ver de perto o leilão e petiscar alguma coisa. Estava satisfeita com as vendas das redes e outras tecelagens na quermesse. Não costumava comparecer todos os anos. Daquela vez fiz questão de ir à cidade. Além de ajudar Maria Guilhermina nas vendas, queria pagar uma promessa e conversar com o padre. Estava vivendo uma daquelas pequenas pregas de tempo felizes desde que a vocação do pirralho Domingos por fim se revelara. Por mais que contrariasse os desejos de Vitório, a possibilidade de conduzir o menino para aquele caminho me enchia de alívio.

Sentia-me uma mulher abençoada. Não foi fácil enfrentar os espaços de tristeza até convencer Vitório de que pouco adiantara os anos a dividir o quarto com aqueles estranhos de rostos endurecidos, barbas por fazer e armas sempre à mão. Para Domingos, a minha companhia era sempre a preferida. Tampouco lhe despertava interesse as roupas de couro e montarias atrás de gado, ou a colheita do milho e do feijão. Ou a tentativa da cunhada Maria Guilhermina, de que ele dividisse com ela o dia a dia da produção rudimentar de cera de carnaúba quando se instalava o barracão para bater a palha e extrair o pó.

As terras vizinhas, que foram do seu pai, se reservaram ao que já era por natureza o seu destino: o cultivo da carnaúba. Desde a sua morte, ela e Vitório se mudavam provisoriamente para sua antiga casa, uma vez por ano, no período certo para o corte da palha e darem início aos experimentos a que Vitório se entregava com muito entusiasmo.

Lá comandavam os trabalhos por meses. Todavia Domingos preferia ficar no Vale do Sossego ajudando Dinha a cuidar das crianças. Não lhe interessava a alquimia dos caldeirões sobre a fornalha em que o pó se transmutava. Não no próprio metal, mas em algo que naquelas bandas prometia vir a valer ouro e tornavam cobiçados os carnaubais. Ao contrário de Vitório, Domingos pouco se dava conta disso. Além dos livros, gostava do algodão, da fiação, da tintura. De ouvir o bate-bate do facão na trama dos fios sobre a urdidura, sob o comando das minhas mãos. De ver o resultado. O colorido das redes macias e dos panos de mesa que minha experiência dava forma e a obstinação de Maria Guilhermina cuidava da comercialização. Porém, fiar e tecer não eram coisas de meninos. Que se entregasse aos livros. Era chegada a hora de dar um rumo a sua vida.

– Entre, Dona Bárbara! Então esse é o rapaz que deseja servir ao Senhor?

– Sua benção, Padre! Se for da permissão de Deus.

Enquanto caía a tarde, conversamos animadamente sobre a tal vocação do menino e sobre as vagas que se abririam no seminário nos primeiros dias do ano. O padre chamou atenção para a vida difícil no Seminário longe da família. Falou das tarefas a que eram encarregados e da exigência da dedicação aos estudos. Essa era a parte que mais o agradava. Queria muito dedicar-se aos livros, ao latim, às escrituras.

Nunca fora à escola. Aprendeu a ler comigo. Os cadernos e cartilhas do professor contratado pelo Padrinho não foram arrancados da minha trouxa quando deixei a fazenda. Depois, ele se dedicou sozinho. E como: devorava com prazer todos os que lhe caiam nas mãos. Sabia de cor os livros que compunham a Bíblia, a genealogia de Jesus e quanto aos evangelistas tinha preferência por São Lucas. Venerava a virgem Maria, que ali se traduzia na adoração à Santa.

No entanto, a sua paixão nos últimos anos era São Tomás de Aquino cuja biografia, com alguns enxertos da suma teológica, tinha sido deixada no quarto por um daqueles viajantes de passagem. Um mascate esquisito, que carregava livros nos alforjes e pedira abrigo numa noite de chuva forte. Foram naquelas páginas que ele vira pela primeira vez a palavra Teologia, e entendeu que religião podia ser estudada.

Foi a partir dali que cismou em querer entrar para o Seminário. Logo compreendi que aquilo era um chamado de Deus. Um estranho, de passagem, pede abrigo e deixa um livro no quarto do menino. Não se sabe se os dois conversaram a respeito. O menino se encanta por uma palavra nunca vista. Aquilo só podia ser coisa de Deus. Mas Vitório entendeu como uma fuga do trabalho duro na roça. Muito tempo se perdeu entre discussão e convencimento.

Depois de ouvir com atenção, o padre anotou o nome, a idade, e alertou que o menino tinha três meses para fazer as leituras que ele indicava. Os exames de admissão eram rigorosos. Aconselhou a contratação de um professor para que os estudos fossem mais direcionados a disciplinas que seriam muito exigidas como a gramática e o latim.

Entre os gritos do leilão e um gole de licor de jenipapo, eu procurava um jeito de encontrar na descontração momentânea de Vitório uma brecha para contar a novidade e pedir permissão para contratar o professor, embora o brilho nos olhos e o sorriso de Domingos já se antecipassem. Não tive tempo.

Um enorme alvoroço se formava atrás de mim. Cavalos relinchavam puxados pelos freios de seus donos. O que primeiro me ocorreu foi que tivesse chegado a hora da prenda mais preciosa e os mais interessados nem sequer apearam para ver de perto o garrote, dos bons, que Vitório ofertara para animar a noite e levar a arrecadação às alturas. Um novo relincho soou praticamente nas minhas costas. Levantei-me de um salto, dando alguns passos para o lado, no que fui seguida por Domingos, enquanto Vitório acompanhado por seus homens colocavam a mão na cintura deixando à amostra o cabo das pistolas.

– Então, velha ladra, vai devolver o diamante da minha avó por bem ou vou ter que arrancar o seu dedo?

Era a primeira vez que usava o anel em público. Nunca me preocupei em saber quanto poderia valer um diamante. A única coisa que eu sabia é que o pai dos meus filhos, o único homem que conheceu o meu corpo e se deitou comigo, tinha deixado uma caixinha com um bilhete no oratório. Além disso eu considerava que era meu direito usar, em dia de festa, um presente do homem a quem eu dedicara os melhores anos da minha vida e a quem eu devia a própria vida.

Era uma prova de sua afeição e da minha. A única. Sentia prazer em usar, não vou mentir. Como se estivesse sendo abraçada, ou sendo afagada novamente pelas mãos poderosas do Joaquim das minhas intimidades. Olhei e vi o brilho no meu dedo. O gesto me fez lembrar de uma senhora de modos finos que estivera na barraca examinando as redes pela manhã. Seus traços eram familiares, mas não me dei conta de quem poderia ser. Ela não se apresentou. As jovens envelhecem e mudam muito, é natural. A senhora fixou por longo tempo a minha mão, enquanto eu dobrava e embalava a peça escolhida.

Sem pensar, cruzei as mãos sobre o peito e respondi, com a voz educada que minha Madrinha me ensinou:

– Senhorzinho me perdoe, mas é meu. Tenho prova. Não roubei nada de sua casa não senhor.

Sobre o cavalo, cada vez mais impaciente, o rapaz insultava e fazia piadas para deboche dos homens que o cercavam, fazendo recuar e avançar os curiosos que se juntavam ao redor.

– Nada. Nadinha. Terras e gado não cabem em trouxa, né mesmo?

– Já viram a cara assustada do mocinho?

Um estampido seco interrompeu as gargalhadas. Depois outro e outro. O desespero, os gritos e a correria tomaram conta calando o megafone do leilão. Domingos percebeu antes de mim a movimentação da mão armada do neto do Coronel, abriu os braços se atropelando na minha frente. Como um escudo o seu peito acolheu as balas a mim destinadas. E nada mais vimos. As pessoas se dispersaram em alvoroço.

Lembro de cada detalhe. No meu estado atual, rememorar já não traz o mesmo sofrimento. Por isso posso contar. Esse foi o caminho que escolhi não como expiação, repito, mas para entender essa coisa estranha que chamam vida.

Pois bem, estendido no chão, o meu corpo era anteparo para o último suspiro do meu filho. Seu sangue foi ensopando lentamente o vestido rodado, a anágua e atingia ainda quente o meu ventre. Como se o ventre que lhe dera vida precisasse ser o depósito da sua morte. Não sei quanto tempo permaneci naquela posição, imobilizada pelo desespero, como se eu fizesse parte de um quadro daqueles que enfeitavam as paredes da casa da fazenda do Coronel.

Ali, como os figurantes caídos em uma sangrenta batalha, com gente miúda e cavalos fugindo ao fundo. Fugiram todos. Foi então que aquela mulher se aproximou. Eu não a conhecia. Usava uma túnica branca e um véu azul, como faziam muitas mulheres para pagar promessas nas novenas dedicadas à Santa. Ela me tocou no braço e uma força descomunal se apoderou de mim. Ergui-me com meu menino no colo, como se ele não fosse um homem feito. Sentia firmeza nas pernas e não sabia de onde vinha aquela força que me fez andar, subir os degraus do patamar, entrar na Igreja e depositar o menino inerte aos pés da Virgem, debruçando-me sobre ele.

Não era minha intenção reproduzir a tal Pietà das gravuras na parede da sala dos santos da minha Madrinha. Tamanha ousadia não passaria por meu pensamento. Sabia apenas que ali encontraria abrigo. Implorei que ela apaziguasse a dor imensa de ter nos braços o vazio deixado pelo corpo tombado sob meu olhar. Implorei o seu perdão por não ter sido capaz de proteger o menino que Deus me confiara. O rio de lágrimas que se formou lavou os pés da Santa e me afogou, como se me arrastasse com a força de um redemoinho para o fundo pegajoso de suas águas em que os raios de sol não alcançam.

Já não sabia onde estava, o que fazia ali. Chegaram os homens com força suficiente para conter meus braços enlouquecidos, me arrancar e me levar dali. O velório, os hinos, os lamentos e as rezas pela alma do meu menino morto aconteceram no pátio interno da casa no Vale do Sossego, como se Domingos finalmente se emancipasse e ganhasse o direito a um lugar à mesa. O lugar que eu lhe negara ao lado do pai que não o reconhecia. O lugar que o irmão lhe negara. O lugar que, talvez, ele próprio se negara por ter aprendido a não se julgar merecedor.

O corpo foi sepultado em uma cova ao pé dos montes, onde findava a demarcação daquelas terras, do lado oposto ao carnaubal de Maria Guilhermina. Não entendi a escolha de Vitório por aquele lugar. Meus olhos não enxergavam mais que muralhas rochosas como tantas outras. Nada questionei, apesar de me sentir atraída por aquele chão. Deixava-me ficar por horas a fio sentada naquelas pedras, ouvindo o murmúrio do vento e o piado dos pássaros, até alguém sentir minha falta e vir me buscar.

A cova aberta para meu filho me enterrou em seu silêncio e escuridão. Ao seu redor tudo deixou de existir. O tear perdera as cores e já não se ouviam as batidas do facão sob o controle das minhas mãos. O melaço produzido a alguns metros do quintal já não adoçava meus lábios para as histórias de outros mundos que encantavam os meus netos, nem os cremes de tutano de boi se derretiam com pétalas de rosa para ajudar os meus dedos a trançar os cachos da pequena Luísa. Cabia à então jovem Dinha os distrair nas subidas ao morro e nos banhos de cachoeira. Tarefa que ela ainda haveria de repetir tempos depois com o peso de suas pernas enfraquecidas, mas infatigáveis.

Por meses, Vitório não pronunciou sequer uma palavra sobre o assunto e proibiu à mulher de fazer o mesmo. As crianças, que foram levadas do parque para casa quando a notícia se espalhou, não entendiam e não precisavam saber o que tinha acontecido. Ele não dava ouvidos às suas perguntas.

Mundico era o mais insistente. Queria compreender a separação do companheiro sempre tão presente em sua vida. O tio que lhe trazia o mundo mágico das letras, dos números, suprindo todas as ausências do pai. Pendurava-se na minha saia, quando das minhas visitas à cova. Ajoelhava-se ao meu lado no oratório todas as noites antes de dormir. De dentro da minha escuridão nenhuma fresta de consolo brotava, embora eu compreendesse e me apiedasse do seu sofrimento.

Sem palavras, Vitório impunha o seu modo de enxergar e enfrentar os fatos da vida. Criar homens era não passar a mão nas suas cabeças, era forjá-los a ferro para a guerra diária. Pouco importava o quanto isso naturalizava a brutalidade. Seu mundo não se compunha de amenidades, e era melhor que eles aprendessem de pequenos.

Sabia que mais cedo ou mais tarde aquilo aconteceria de um lado ou de outro. Já não se contava as vezes em que tinham corrido a apagar incêndios no carnaubal. Ou quantas vezes os seus homens também respondiam com a mesma moeda jogando fagulhas no capim seco das terras dos herdeiros do Coronel. Se um boi amanhecia morto nas terras de Vitório, de repente, no dia seguinte uma vaca leiteira não chegaria ao curral dos Pedroso de Albuquerque depois da pastagem.

Por mais que eu rogasse por um fim naquelas provocações absurdas, ninguém me dava ouvidos. Maria Guilhermina também discordava e achava que o melhor seria uma conversa franca e amigável intermediada por seu pai, enquanto vivo, e depois pelo padre do povoado. Vitório, por seu lado não via as coisas daquela forma. Dizia ter suas razões e merecer cada palmo daquela terra. Repetia com muita convicção sobre a justiça que merecia. Meu filho era um homem trabalhador como poucos.

É certo que recebera do Coronel a terra e umas poucas cabeças de gado, mas o resto viera do seu suor. Bem sabia que, lá no fundo, havia também uma boa dose de inveja do respeito que alcançara na região pelo pioneirismo na produção e exportação da cera de carnaúba. Seu nome se desvencilhara completamente das conquistas do Coronel ligadas ao mundo do couro e dos engenhos de açúcar, seguindo outro rumo para felicidade do sogro que antes de morrer percebeu não ter se enganado quando lhe ofereceu a filha em casamento.

Nessas raras ocasiões, com palavras azedadas pela mágoa, revelava o que se arraigava na sua mente: aquele pedaço de chão era seu por justiça. A convicção de que com o casamento viera o carnaubal, mas fora o trabalho árduo que transformara aquele cujo registro de nascimento apontava ser um filho de pai ignorado e de uma mulher sem passado, olhado com desprezo pelos professores na capital, em um homem com quem todos queriam sentar-se à mesa e negociar. O silêncio, como se saberia depois, não era sinal de medo e nem significava um desejo de paz.

A casa do Vale do Sossego já não tinha o aspecto simples de quando para lá nos mudamos. A prosperidade daqueles dias a transformou em um casarão como pouco se via nos arredores. Maria Guilhermina, tinha gosto pelos cuidados da casa e Vitório trazia nos olhos as lembranças dos lugares que visitara durante sua vida de estudante. Não deixava de ser uma forma de entregar aos olhos da gente do lugar, o valor que tinha o seu nome seguido de um sobrenome inventado.

Não havia luxo nem suntuosidade no interior, mas o pavimento superior em que se realçavam as janelas, com balcões em madeira pintados em cores escuras, oferecia um ar de imponência no meio das pedras e do sertão. Os alpendres e varandas se voltavam para um pátio interno onde comerciantes e outros visitantes eram recebidos, onde as crianças se divertiam com bolas de gude e lagartixas sob os olhos dos adultos a partir da cozinha de laterais abertas. O fogão à lenha não se apagava. Os longos corredores eram mal iluminados e silentes.

Os meus passos sobre o ladrilho não eram mais que um arrastar de chinelos sob a fragilidade do foco das lamparinas, fazendo caminho entre o oratório e o bule de café que dormia sobre a chapa quente na cozinha. Sentia os olhos vigilantes de Maria Guilhermina sobre todos os meus movimentos. Obcecados e mudos. Sem coragem de quebrar o silêncio que ensurdecia as paredes e espantava da sua casa a possibilidade de retorno da alegria. Às vezes se aproximava e me ajudava a acender o cachimbo. Outras vezes mais esparsas, pedia orientação sobre que ervas usar para o inchaço das pernas de alguma comadre, ou as ondas de calor que lhe acompanhava naqueles dias de agonia.

Apesar das densas sombras em que eu me encontrava, nunca me recusei a ouvir e pronunciar o nome das ervas. De resto, as palavras deixaram de fazer sentido. Maria Guilhermina não mais engravidara e estava satisfeita com os cinco filhos que corriam ao seu redor. Embora isso não dependesse do seu querer. Nossos conhecimentos sobre esse ponto eram rudimentares.

Eu estava no escuro mas enxergava. O fato é que desde a construção da edícula e montagem do tal laboratório, e principalmente depois da chegada do Manual de Pharmacia, Vitório andava arredio, pouco se dispondo a outros assuntos que não fossem ligados ao trabalho. Maria Guilhermina passou a se dedicar à educação das crianças. Contratou uma professora residente.

Rapidamente se verificou que os dois mais velhos já tinham idade e condições de serem enviados ao colégio interno, apesar de que era o terceiro que demonstrava mais gosto pelos livros e pelo tal laboratório do pai.

Gostava de acompanhá-lo na aprendizagem do manual, pesando e medindo minúsculas porções para atender ao chamado de alguém que precisava curar um ferimento que não cicatrizava, uma picada de cobra ou de escorpião ou mesmo uma simples indigestão para a qual as ervas davam melhor resultado. E a voz de Maria Guilhermina ia vencendo, aos poucos, a resistência. Se o pai não fora, um deles seria médico.

Findava o ano de 1936. Esperei ansiosamente por aquela data. O dia se fez comprido para minhas forças em extinção. Desde o anúncio dos galos sobre os primeiros raios, eu sentia que era chegada a hora. Dez anos. Tudo, enfim, se consumava. Estava cumprida minha missão. As crianças não ouviram meus passos se arrastando pelo corredor. Tampouco a chama do cachimbo foi avistada pelos olhos vigilantes de Maria Guilhermina. Não desci rumo ao bule, já não fazia sentido.

Deixei meu corpo jogado ao pé do oratório, com as pernas dobradas como se estivesse de joelhos, abraçado à camisa manchada do sangue já amarelado. E no dedo deixei o anel, que desde a morte de Domingos ali se fixara e iluminava minhas idas e vindas na trilha que me levava à cova, nos corredores e escadas. Como se no seu brilho ainda reluzisse a última lágrima do meu pirralho. Até ali fui guardiã daquela lágrima. Agora me tornava provedora da paz que seu espírito merecia enquanto nossos ossos se encontrariam sob a mesma terra.

Antes de cair, ouvi o correr da notícia de que naquele exato dia o corpo de um dos netos do Coronel havia sido encontrado boiando na correnteza do riacho, que por aquele tempo de chuvas fartas cobria as pedras, formando cachoeiras e redemoinhos. O que ele fazia nas cabeceiras do rio ou como para lá foi atraído ou colocado nunca se soube.

Liberta da carne, vaguei pela casa durante algum tempo sem que ninguém me notasse, ou fizesse alarde. Lembro que foi por aqueles dias que Francisco, meu primeiro neto, anunciou aos pais que não arredaria o pé daquele lugar. Por volta dos dezessete anos, montado na sela de um cavalo, o primogênito em nada se diferenciava do pai na sua idade: a mesma cor de pele, o mesmo porte, o mesmo cabelo, os mesmos olhos claros. Queria responsabilidades e a confiança da mãe para tocar seu caminho e obteve dela, quase que de imediato, o apoio necessário.

Passou a cuidar da mandioca, da farinha, do algodão, da cana-de-açúcar, da moagem, da rapadura. O mais importante: passou a ocupar o lugar do pai, ao lado da mãe, nos barracões de cera. Em seu lugar foi Mundico, cujo coração exultava por se libertar da opressão dos corredores, do oratório e dos pesadelos com o tio menino. As fugas com Bernardo e a pequena Luísa no colo de Dinha para os banhos nas fontes morro acima já não aliviavam o peso daquele silêncio.

Tampouco suportou o aprisionamento que os muros do colégio interno impunham à sua veia boêmia que pedia luar, violão e serestas. Descumpriu todas as regras para entregar-se às danças de salão em que mulheres perfumadas deslizavam para o prazer dos seus olhos de garoto deslumbrado. Não durou muito a sua ousadia.

O pai o traria de volta apagando seus desejos e arroubos juvenis no suor da testa e enterrando-os com a ponta da enxada. Sem discussão, apelos ou questionamentos, enviando Bernardo em substituição. Como também sem se dar conta do que estava por traz do seu interesse nos negócios, meses depois, quando a raiva cedeu.

Por insistência dele, decidiram acrescentar ao que restava do engenho um alambique. Pai e filho viajaram juntos. Desceram a encosta da Serra Grande para conhecer o processo de produção pelas terras do Ceará relembrando histórias que Vitório ouvira ainda no meu ventre e nos seus primeiros anos, quando longe dos olhares discriminatórios o Padrinho se dispunha a ensiná-lo a cavalgar.

Era dali, do outro lado da fronteira, a origem do velho Coronel, mas isso não vinha ao caso e era detalhe que Mundico não precisava saber. Tempos depois, quando empacotaram as primeiras remessas da mais fina aguardente, todos diziam que, finalmente, o menino se ajuizava e revelava o forte traço comercial da família da mãe.

Gêmeos

A reunião foi interrompida para que Mina atendesse ao telefone. Do outro lado da linha uma voz aflita informava que Luísa provavelmente tivera um AVC, a ambulância chegara rapidamente e já estavam dando entrada no hospital. Ela olhou sem querer no calendário – 5 de maio de 2003 –, então anotou o endereço, pediu desculpas pelo transtorno e avisou que precisava sair, daria notícias depois.

O hospital não ficava distante do centro financeiro, mas o tráfego era infernal naquela hora. Filas duplas em frente aos colégios, batidas, engarrafamentos, freadas bruscas para desviar dos apressados que invadiam sinais. Conseguiu entrar no estacionamento do hospital uma hora depois, com o coração em saltos.

– A princípio, houve uma hemorragia cuja extensão está sendo avaliada. É certo que depois do exame ela vai precisar de cuidados intensivos e observação por no mínimo quarenta e oito horas.

Era tudo o que a enfermeira responsável podia adiantar. Foi avisada que por volta das dezessete horas ela poderia conversar com o médico assistente e obter mais detalhes sobre a situação. Ainda atordoada, Mina se despediu da cuidadora agradecendo a sua eficiência. Ligou para a empresa para suspender os próximos turnos e demais profissionais até segunda ordem. Decidiu que não retornaria ao escritório. Por telefone deu instruções à secretária, faria uma caminhada no parque, quem sabe um lanche, um café, e só depois da conversa com o médico, tentaria falar com Julinho.

O parque margeava o rio que dividia a cidade ao meio. O lugar preferido de Mina para fazer corridas e aliviar a pressão dos dias. Maio trazia céu azul e uma brisa leve, mesmo àquela hora do dia, deixando a caminhada muito mais agradável. Não viu passarem as horas. A apreensão diante daquela notícia não reduzia sua capacidade de se sentir viva quando estava ali, de se sentir parte de algo maior que o corpo que carregava. Mas, precisava retornar.

– Moça me dá uma ajuda por favor!

– Uma ajuda?

– Não vou te roubar, só quero comer.

– Quanto anos você tem? Por que está na rua?

– Estou com fome.

– Bom, posso te levar à lanchonete. Ali perto do Hospital, estou indo pra lá.

Surpresa com aquela voz tão próxima e insistente, a primeira reação de Mina foi agarrar a bolsa, atitude que não passou despercebida. Uma menina. Uma menina a mais perdida nas ruas enlouquecidas da cidade. Enquanto se dirigiam à lanchonete, Mina não parava de pensar nas oportunidades de uma cidade grande e nos perigos de estar à deriva. Como se, de repente, seus problemas atuais fossem ficando cada vez menores, tão pequenos, tão insignificantes, tão distantes. Pensava na arrogância juvenil. Pensava em si mesma com a idade que a menina aparentava, descobrindo todas as suas possibilidades naquela cidade, vivendo em um quarto de pensão com um apoio distante, mas um apoio. Sim, houve um apoio. Mina não podia negar ainda que viesse de pessoas que ela não desejava por perto. Um ano? Talvez mais. Até conseguir uma vaga de aprendiz em um escritório e orgulhosamente dispensar qualquer ajuda de sua mãe ou dos irmãos.

Pensava nas noites de dedicação extrema no último ano do ensino médio e da alegria de ser aprovada numa universidade pública. De como conseguiu em seguida seu primeiro emprego. Na sua mente toda a angústia de conciliar a faculdade com o emprego. Em como foi importante o primeiro salário. Em como foi bom dizer para si mesma que não seria mais um fardo para os outros. Em como se sentiu quando foi efetivada em uma grande empresa e pode resgatar o Julinho do inferno em que vivia, da vulnerabilidade ou das portas escancaradas aos riscos contra sua integridade que significava viver naquelas condições.

Como se sentiu feliz em trazê-lo para dividir com ela o quarto de pensão, até que ele também organizasse sua vida e buscasse em outros centros sua tão sonhada faculdade de jornalismo. Era o rosto surpreso e feliz de Júlio que ocupava seu pensamento naquele instante, como um filme antigo: o primeiro Natal que passaram juntos depois do reencontro; no pacote, a câmera simples que seu salário permitia e o comprovante da inscrição em um curso de fotografia.

Ao contrário do que Mina imaginava durante o período de separação, Júlio sempre soube o que queria. Ou, talvez, mesmo em silêncio soube direcionar sua energia ao que o coração falava baixinho. Não se quebrou diante da imposição de outro modo de vida. Não era frágil, apenas se curvava de acordo com a direção do vento. Uma carreira militar nunca esteve em seus planos. Um futuro tranquilo para quem precisava escapar da miséria, é certo. Ou o jeito que a família encontrou de enquadrá-lo no padrão de masculinidade que não a afetasse.

Mas aquela vozinha rouca e abafada que ecoava na alma queria mais e não seria extinta. Estaria menos ainda quando, lá dentro, ele se deu conta de como as coisas se processavam naqueles anos endurecidos. Do que estaria a serviço se entrasse como oficial naquele mundo? Não tinha estômago para compactuar com o horror que ninguém falava a respeito. Ele mesmo só tomara conhecimento pelos corredores, depois das palestras sobre disciplina, patriotismo e combate à ameaça comunista. Quando então palavras como guerrilha e terrorismo eram escritas no quadro em letras garrafais.

Por volta dos dezoito anos precisava decidir se ingressaria na escola de oficiais. Poderia simplesmente se deixar reprovar no último ano do ensino médio. Uma decisão difícil. Teria que se virar para repetir o ano em uma escola pública civil. Optou pelo respeito ao seu jeito de ser assumindo todos os riscos, como se soubesse desde cedo que seu desejo de viver fosse mais forte que as batalhas que assumiria pelo simples fato de ser o que era. Para Mina, findava um tempo de desespero que ela queria esquecer. Preferia lembrar da alegria de chegar em casa depois de um dia cansativo e tê-lo por perto massageando seus pés, quando dividiram o mesmo quarto. Ou, de acompanhar, à distância, sua evolução tendo notícias de sua dedicação à fotografia.

Mina se sentiu novamente abraçada por aquele sentimento de gratidão, por estar entre os que tiveram oportunidades que a cidade oferecia a uns e negava a tantos. E, principalmente, por estar livre dos laços que a sufocavam. Ela e Júlio tinham um ao outro.

– Aí não entro. Eles não me querem por perto, falou a menina na porta da lanchonete.

– Espera um pouco.

– Tou com muita fome!

– Peraí então, vou lá buscar.

Na calçada, Mina entregou a ela uma garrafa de suco e um sanduíche enorme. Viu-se repetindo palavras vazias e sem atitude diante daquele rosto que se afastava assustado, faminto e carregando o peso da rejeição.

Que história a sua distração no trajeto a impedira de conhecer? Por que estava sempre voltando para outro tempo e outro mundo? Voltariam a se encontrar? Não poderia ter feito algo mais pela menina?

Foi estranho entrar no enorme apartamento às escuras. TV desligada. Ninguém na varanda. O quarto que Luísa ocupara por dois anos desmontado. Julinho não chegara a tempo para o enterro, e fez questão de não visitar o mausoléu dos Dos Santos no Vale do Sossego. Não queria contato. Na verdade, viera apenas abraçar a irmã. Agradecer a ousadia em fazer o que precisava ser feito para oferecer à Luísa um pouco de conforto nos seus últimos anos de vida sem se importar com as maledicências e acusações. Uma questão de humanidade, apenas.

Partiu novamente, deixando em suas mãos uma procuração para que ela resolvesse tudo como bem entendesse. Se existia alguém nesse mundo que merecia a sua confiança, esse alguém era Mina. Amava a irmã, como se fossem únicos. Como se só possuíssem um ao outro no mundo. O sentimento era recíproco. Com o tempo descobriram que consanguinidade não produz fraternidade. Nada mais seria que traços genéticos comuns confirmados em um registro de cartório. Não seria garantia sequer de filiação, no aspecto em que se propaga. Ser irmãos era aquele jeito que os dois encontraram de se aninhar no útero dividido que os gerou. Duas placentas determinando o modo que haveriam de respeitar as suas individualidades, suas escolhas, seus silêncios e ao mesmo tempo se acolherem sem perguntas, sem impor condições, sem interferências, amparando-se nas horas difíceis ou alegrando-se pelas conquistas do outro sem inveja ou ressentimentos.

Sabiam que seriam mal compreendidos, por isso não falavam a respeito. Não discutiam. Tal entendimento fora de grande valia para que mantivessem a sanidade. Embora tenha sobrado para Mina a carga pesada da família.

Mina acordou no meio da noite depois de mais um sonho com aquela mulher que ela não conhecia. O despertador na cabeceira marcava duas horas da manhã. O bloco e a caneta estavam ao alcance da mão. Anotou: cinco gerações. Nada fazia sentido. Não sentia medo, mas curiosidade. Levantou-se. Tomou um copo d'água. Sentou-se na poltrona, fez alguns exercícios de respiração e retomou a leitura. Vencida pelo cansaço, adormeceu ali mesmo.

Chovia na manhã de domingo quando ela se aquietou em uma confortável cadeira de balanço na varanda para tomar um café. O corpo moído pela noite mal dormida não tinha ânimo para um alongamento. Resolveu revirar a caixa: um dos poucos pertences da mãe que ela escolheu, escondendo dos outros familiares para que não questionassem seu direito àquela memória. Uma memória que, a rigor, não era sua. Porém, de alguma forma, os dois últimos anos mostraram que estava ligada de maneira mais profunda à sua vida. Achou que merecia esse mimo.

Encontrou um pedaço de fotografia. Via-se que eram duas pessoas na foto original, onde um corte longitudinal as apartara. Examinou minunciosamente a figura da jovem Luísa em um vestido de cor clara e gola alta. Um rosto sério, porém, feliz, era o que indicava a covinha em consequência de um ligeiro arquear dos grossos lábios inferiores. Uma larga ponta de saia estampada aparecia indicando que ao seu lado havia outra moça. Pensou na tia a quem ninguém se referia.

Sua mãe tinha mencionado algo a respeito de uma raiva muito grande que a irmã louca lhe fizera. Algumas palavras. O suficiente para que sua mente registrasse algo sem muitos detalhes. Aquele fora um dos dias em que o mundo parecia desabar e a presença da mãe e suas cuidadoras no apartamento trazia grande incômodo. Naquelas horas, tudo que Mina desejava era ficar só. Trancava-se no quarto.

Agora o pensamento intrusivo a impedia de deixar para lá. Se pudesse voltar no tempo teria dado atenção ao que Luísa queria contar. Fez um esforço, mas o rosto da tia não se materializava. Era muito pequena quando foi arrastada junto com o irmão para a visita de covas, ainda vestidos de preto pelo luto do pai, quando a mãe já não carregava nos dedos o anel nem as alianças como usavam as viúvas. Veio à sua lembrança a imagem de uma das sobrinhas de Dinha os levando para o alto do morro, sem nada explicar. A tudo que ela ou Julinho perguntavam a resposta era sempre a mesma: não era assunto de crianças e que rezassem para que o anjo da guarda protegesse a tia Dos Anjos.

O pensamento insistente de Mina trazia a noite seguinte à menção do episódio com a irmã louca. Diferente da véspera, ela tivera um dia produtivo no trabalho. As conquistas a deixavam eufórica e davam ânimo para sentar-se ao lado da mãe por algum tempo com disposição para ouvir. Novamente remexeram a caixa de fotos e o retrato cortado ficou à mostra. Luiza não reagiu à imagem. Olhou como se aquilo não lhe dissesse respeito. Sorriu quando pela segunda vez perguntou quem era aquela moça bonita e a cuidadora apresentou Mina, de novo, como a sua filha.

– Ela voltou? Veio me visitar?

– A senhora está morando aqui com ela, mãezinha.

– São gêmeos.

Surpreendentemente, disparou a falar emendando um longo relato. Frases soltas. Às vezes desconexas, mas muito do que era dito pela mãe se encaixava nos exercícios de memória a que Mina se dedicava nos últimos tempos. Conversas que viajavam pelos corredores do casarão, voltavam e caiam como luva para suas ilações como tentativa de romper os não ditos e recompor a sua história.

Luísa ouviria de um médico o anúncio da gravidez dupla dez anos depois de ter se desentendido com a irmã louca e se afastado do Vale do Sossego. Mina e Julinho chegaram para alegria geral da casa e curiosidade dos vizinhos. O marido tinha um novo caminhão e continuava sua rotina de comerciante e transportador. Queria prosperar. Nos últimos dez anos ganhara mais uma razão para essa necessidade. Queria mostrar aos sogros e cunhados que também tinha o seu valor. Por sorte os filhos mais velhos estavam crescidos o suficiente para ajudar a cuidar dos pequenos uma vez que Dinha também abandonara Luísa. Fora chamada de volta ao Casarão do Vale do Sossego para cuidar da tristeza de Maria dos Anjos.

Com aquela correria, Luísa andava sem tempo até para a Igreja.

– Ó de casa! Posso entrar, Dona Luísa?

– Sua benção, Padre Ignácio!

– Como estão as crianças? Trago novidades!

– Sente-se, por favor! Uma água, um refresco? Acabei de passar um café.

– Senhor Vitório quer reunir os filhos no primeiro dia do ano. Não é uma boa notícia?

O recado chegava a Luísa quando os gêmeos completavam o quarto ano de vida. Sem esperar por uma resposta, Padre Ignácio fez seu relato pouco se importando com as reações que provocava na ouvinte. Informou que Sr. Vitório tinha mandado construir uma capela para os seus, ao lado da antiga cova em que adormeciam Domingos, Bárbara e Bernardo. A cova era agora uma beleza de mausoléu com anjo, cruz e lápide de pedra em que se gravaram os nomes. A capela tornava o lugar muito mais imponente que o dos Pedroso de Albuquerque. O padre tinha se comprometido em abençoar o túmulo, rezar uma missa e oferecer a paz que os espíritos dos mortos aguardavam, desde que Vitório perdoasse o genro e as filhas. Afinal nada se confirmara sobre a boataria. Depois iriam todos ao Casarão para o almoço do dia de ano.

A paz dos mortos, Luíza repetia. A paz dos mortos precisava ser mais importante do que a dos vivos. Cabia a ela e aos seus, como de outras vezes, baixarem a cabeça e se curvar. O marido estaria de volta dali a uma semana. Ele aceitaria o convite como um reconhecimento de sua inocência. De repente começava a rezar. As ave-marias saiam completas. Outras orações se perdiam, se misturavam. O olhar se distanciava. Silenciava.

Luíza não chorava. Apenas calava. Interrompia frases. Repetia que os pais estavam com idade avançada, que ela precisava assumir a culpa por sua desobediência, por não ter sido atenta o suficiente para cuidar de Bernardo, por ter se apaixonado, por ter escolhido ficar com o marido ao invés da irmã. Precisava voltar. O tempo a tudo acomodaria. Dizia frases soltas, duas ou três palavras, sobre o reencontro do marido com a irmã Dos Anjos. Depois falava do comportamento de Mundico à mesa do almoço. Voltava a mencionar o marido e a mãe Maria Guilhermina que não conhecia os gêmeos. Nem a pequena que tinha seu nome. Ela não a perdoava? A dúvida dormiria ao seu lado para sempre. Em vez da tal tentativa de conciliação, seguiram todos para o enterro do marido.

Nem Mina nem Júlio guardaram lembranças sobre aquele dia. Tampouco alguém se deu ao trabalho de lhes dar explicações posteriormente. Quando perguntavam pelo pai, diziam que estava no céu, que Deus o tinha chamado. Por isso precisavam rezar. O que vinha à mente eram os pedaços de conversas dos adultos nos anos que se seguiram. Pareciam esquecer que crianças, ainda que distraídas, tinham ouvidos. O pai fora encontrado morto no volante ao retornar para casa. Ataque cardíaco, disseram. E por isso ficou. Estava sozinho no último trecho da estrada antes de chegar na cidade, sem testemunhas ou alguém que o socorresse.

O avô e os tios avaliaram que Luíza não tinha condições de tocar os negócios. Dívidas com fornecedores. Dívidas com o banco. Sem reação, ela entregou ao irmão Francisco a responsabilidade para resolver as questões burocráticas. Precisou vender a loja e o caminhão para honrar os compromissos. Restou a casa. Não valia muito. Depois, as crianças estavam na escola e precisavam continuar. Era a única coisa que ela pedia. Receberia a mísera pensão do marido e os filhos mais velhos já tinha condições de trabalhar. Nisso, Padre Ignácio poderia ajudar. A alimentação básica viria da fazenda. Ficavam na cidade nos dias de escola. Nos sábados, domingos, feriados e férias escolares a camionete do avô apitava para que eles fechassem a porta da casa e ajudassem no campo. Redução de despesas. Sobrevivência. Assim se fez. Apesar de tudo eram uma família, dizia o velho Vitório.

Foi assim que as primeiras memórias de Mina se firmaram pelos vidros da camionete naquela estradinha cheia de curvas. Ao desembarcar, o primeiro compromisso era na capela e no túmulo de anjos, cruzes e pedras para visitarem o pai finalmente aceito e reunido aos Dos Santos. Era preciso acender velas e rezar o terço pelas almas antes dos pequenos prazeres que a estrutura do casarão poderia proporcionar aos pequenos, cuja imaginação ainda não havia sido aprisionada pelas soturnas armadilhas.

Naquela noite, as palavras da mãe fizeram ecoar todos os sussurros ouvidos na infância. Mina resolveu caminhar até a varanda e respirar. Precisava controlar a ira despertada pela presença de Luíza imposta pelas circunstâncias. A velha rebeldia. Sentia de volta a fúria que ela imaginava ter superado. Raiva daquela inércia, da acomodação, da falta de reação sempre justificada por tragédias, como se fosse a única no mundo a ter dias difíceis. Pediu a cuidadora que levasse a mãe para o quarto. Era tarde e ela também precisava descansar ou se entregar aos pensamentos atando os fios de memória.

A mais forte lembrança de Mina eram os vestidos pretos como marcas de um luto eterno. Lembrava das irmãs vestidas de preto. Uma delas indo trabalhar nas missões antes que a tristeza se apossasse do seu corpo e a transformasse naquele trapo humano muito parecido com a mãe. Deram-lhe uma semana de folga por volta da Páscoa e a camionete os veio buscar. Os avós não faziam festa com as chegadas como Dinha e os meninos dos moradores.

Ela e Julinho achavam sempre um jeito de tornar divertidos aqueles encontros. Mesmo antes dos gritos, não lembrava da tia Dos Anjos descendo do quarto para o café da manhã, o almoço ou para o café da tarde no pátio, em que as outras mulheres e crianças se juntavam. Lembrava da avó Maria Guilhermina na cozinha acendendo o cachimbo ou com o bule de café na mão, antes que Dinha a obrigasse a subir para dormir.

Lembrava daquela tarde, de um dia santo, quando mal chegaram e ao invés da festa costumeira dos moleques, ouviram gritos que a levaram a se esconder no laboratório do avô Vitório. Talvez no mesmo dia em que ao seu fim, à luz de uma lamparina, Dinha ofereceu o seu colo macio e perfumado para afastar o pavor no trajeto entre o laboratório e o quarto das crianças. A mesma noite em que a voz de Dinha ninava seu sono com promessas de limonada, café e cuscuz no alpendre da cozinha sob a luz do alvorecer, antes da subida ao morro com o irmão.

Lembrava vagamente que ouviu algo sobre a roupa que pegou fogo. Lembrava da movimentação estranha, dos gritos e do cheiro de alecrim no fogareiro ao pé da escada e do tacho de lençóis alvos na cozinha, borbulhantes entre as folhas de laranjeira. Teria sido por aqueles dias que o enlouquecido avô Vitório arrancou dos dedos de Luíza o anel e as alianças?

A imagem difusa das alianças sendo atiradas ao fogo sob o silêncio e os olhos secos da mãe. Um lampejo de memória embaçada dizia que o vira chorar depois de esconder algo no fundo da estante. Lembrava que o tio Francisco os pusera na camionete e os levara de volta para a cidade antes da celebração da Páscoa, e que não sabe quanto tempo depois, ela e Julinho foram arrastados pela mãe para a visita de cova em cuja lápide já constava o acréscimo dos nomes. Depois do nome do seu pai, lia-se o da tia Maria dos Anjos sob o derreter das velas e o sopro do vento impiedoso sobre as chamas.

A chuva da manhã de domingo cedeu um pouco. O formigamento tomou conta do seu corpo e a sua mente passou a confundir sonhos e memória. Pensamentos em ritmo acelerado aumentando a frequência cardíaca. Reconhecia aqueles sinais e um pouco antes de ser tomada pela estranha sensação de morte eminente, Mina colocou na caixa a foto partida devolvendo-a para seu lugar no armário. Ligou para uma amiga. Apagou.

Quando deu por si, estava sendo monitorada em uma clínica de emergência. A amiga segurava a sua mão. Era uma tarde de domingo e a médica jovem que lhe atendera entrou no quarto, puxou uma cadeira e a olhou nos olhos:

– Pronta para a nossa conversa?

Bárbara (1942-1960)

Neste ponto preciso retomar minhas vivências. Vivências? Não sei se é essa a palavra. Mas não encontro outra que a substitua. E depois, o que é mesmo vida? Quando ela começa? Quando ela termina? O sangue que flui nos corpos dos meus descendentes é continuação daquele que correu nas minhas veias? Não cheguei a um entendimento definitivo, por isso ainda estou aqui.

Preciso confessar que antes de chegar a este nível de liberdade, me esgueirei entre as paredes escuras daquele casarão. Algumas vezes passei por cima da minha promessa de nunca mais pôr os pés na cidade. Bom, não deixei de cumprir, pois a rigor não pisei naquele chão. Desloquei-me a meu modo até à cidade, e ainda guardo tudo que vi.

Minhas netas Luísa e Maria dos Anjos, que viviam se pegando quando crianças, apresentavam personalidades opostas. Na adolescência o comportamento agressivo desapareceu. Talvez devido à introspecção de Luísa, que passou a não dar ouvidos às provocações infantis de Dos

Anjos, do que ao amadurecimento da segunda. Ela continuava a mesma menina inquieta, alegre e brincalhona de sempre. Do tipo que não media as consequências de seus atos e palavras se aquilo lhe rendesse uma boa gargalhada. A morte trágica de Bernardo marcou a bifurcação dos caminhos. Tirando proveito do meu estado, cheguei perto e percebi o rombo na alma de Luísa, tão grande quanto na de sua mãe, Maria Guilhermina. Eu conhecia aquela dor, mas já não me cabia sentir. De qualquer modo, vi como seus corpos mutilados, cada um à sua maneira, cicatrizaram sem se recompor. Vi meu filho Vitório cada dia mais ausente, entregando-se às contas, aos números, ao mundo fechado do laboratório, delegando a Francisco tudo que exigisse contato humano.

Embora mantivessem uma relação amistosa, a sisudez acentuada de Luísa e sua recusa em acompanhar a irmã às festas, às danças, às feiras era sempre um motivo de cobrança e distanciamento. O luto fechado durou um ano. Só então Dos Anjos conseguiu autorização para ir aos festejos da Santa na cidade. Arrastou consigo a irmã. Embora a distância entre o Vale do Sossego e a sede do município se encurtasse pelo crescimento da cidade naquela direção, como não podia deixar de ser, foram acompanhadas dos irmãos, da mãe e Dinha.

Levaram seus artefatos e montaram barraca na quermesse. Participavam das novenas com fervor, mas estavam proibidas de circular pelo leilão ou pelas festas. Luísa abria uma rede para uma freguesa quando percebeu um rapaz que a observava já há algum tempo, encostado em uma árvore a alguns metros dali. Dos Anjos, sempre mais espontânea já havia bisbilhotado alguma coisa ao ouvido da irmã, que se fez de sonsa. Ao primeiro sorriso, o rapaz tomou coragem e se apresentou trazendo na mão uma garrafa de guaraná champagne, a grande novidade trazida no início dos anos 1940 àqueles rincões.

– As meninas estão com sede?

– Tem água fresca na barraca!

Luísa não gostou da ousadia e temia a chegada repentina dos irmãos. Mas o moço era um tanto atrevido e estava disposto a não perder a oportunidade do flerte. Olhou fixamente para a mão de Luísa.

– Ah, vejo que é uma moça comprometida. Mil perdões.

– Só se se for com a mãe Maria Guilhermina que botou o anel no dedo dela quando ela fez quinze anos.

– Dona Maria Guilhermina? Vocês são as filhas de Dona Maria Guilhermina?

Dos Anjos se antecipara, fazendo soar sua gargalhada mais esfuziante e deixando Luísa completamente sem jeito. Rapidamente a conversa tomou outros rumos. Souberam que ele era ambulante, uma nova versão do velho mascate cujos alforjes encantavam as histórias que eu contava pra elas. Vivia de cidade em cidade, comprando e vendendo coisas, mas tinha interesse em se fixar por ali. Estava à procura de um ponto para estabelecer o seu comércio, e lhe disseram para procurar Dona Maria Guilhermina que tinha um armazém de secos e molhados e conhecia muita gente. Essa foi a deixa para se verem no dia seguinte: se Dona Maria Guilhermina sabia se entre seus compadres alguém tinha ponto para alugar. A deixa para continuarem a prosa descontraída até o dia da procissão da Santa, entre uma negociação e outra.

Naturalmente meu filho Vitório diria não ao pedido. Mas nem pensar que sua filha sairia de casa na garupa da mula de um mascate sem eira e nem beira. Maria Guilhermina, apesar de ver simpatia e esperteza no moço, não discordava do marido. Ele tinha razão. Não era um bom partido. E depois ainda faltavam muitos anos para Luísa chegar à idade que ela própria tinha se casado. Sabia, por experiência, que as dores de amor se curavam com o tempo. Que aquela tristeza e aborrecimento se dissolveriam no vento. Não havia pressa.

Estava enganada. Luísa e o noivo já tinham tomado sua decisão, e partiram em uma noite de lua cheia sem que ninguém desse conta da movimentação na janela do meu antigo quarto, transformado em sala dos santos. Estavam habituados aos barulhos estranhos que se ouviam de lá. Das lamparinas que se acendiam, do arrastar de chinelos no corredor. Eu ainda não tinha controle sobre a fluidez.

Quando os primeiros raios de sol iluminaram o pátio e da cozinha exalava o cheiro forte do café, era tarde demais. Luísa estava na cidade sob a proteção de um delegado e um juiz de paz. A arrogância e a correria de Vitório, Francisco e Mundico nada mais podiam fazer, se não chamar o padre para abençoar e proteger a honra da fugitiva e da família. À Maria Guilhermina coube abraçar a culpa e deitar sozinha numa rede na sala dos santos, espantando com sua fé e coragem as minhas destrambelhadas intromissões.

Apesar das diferenças, Dos Anjos sofreu horrores quando Luísa fugiu e o pai a proibiu de encontrar a irmã. Para Vitório, a filha ingrata tinha feito a sua escolha e devia arcar com as consequências, enquanto Dos Anjos passava a ser o único alvo da vigilância, do zelo, da rédea curta de Maria Guilhermina e dos irmãos. No entanto, isso não a impedia de encontrar um jeitinho de driblar os olhares e se divertir. Manipulava os pais e enfrentava os irmãos abertamente para desespero de todos. Possuía o dom de tocar os brios de Vitório e levá-lo no bico. Contrastando com esse temperamento, ou talvez encontrando na liberdade desse temperamento um jeito de se afirmar, ela carregava no peito uma generosidade desmedida. Gostava de agradar empregados, trabalhadores do campo e da cera, moradores do povoado. Desde muito cedo acompanhava Dinha em visita aos doentes, roubava melaço, queijos e cereais do armazém para doar a uma ou outra família em dificuldades nos arredores.

Estava contente em saber ler, escrever e fazer contas. O colégio não lhe fazia falta. Como Francisco, gostava de cavalgar e se julgava melhor que o irmão nas corridas e na hora de pegar bois pelo laço. Como as moças do lugar, sonhava em casar e ter filhos, mas não tinha pressa. Enquanto não chegasse esse dia queria viver, desafiando todas as imposições à condição de donzela respeitável.

Foi numa dessas andanças pelos arredores que encontrou um moço que foi apresentado a ela pelo cunhado naqueles festejos da Santa, que desenharam para suas vidas uma mudança drástica de rumo.

– Srta. Dos Anjos?

– Filha de Vitório e Maria Guilhermina... Algum problema?

– Soube do triste destino da sua irmã!

– Ela deve estar é muito feliz!

– Não é o que se diz. Soube que estão mal, tanto ela quanto a filhinha.

– A menina não vai vingar?

– Sem dinheiro tudo é difícil, a Srta. sabe.

– Seu amigo, o que faz?

– Vive de favor na casa dos parentes. Não consegue trabalho. Ninguém faz encomendas.

Vitório cedeu aos argumentos de Maria dos Anjos. Por mais que se vestisse de rudeza, não conseguia se desvencilhar das artimanhas da filha mais nova. Depois, apesar do desgosto aquilo era uma família, ele repetia para convencer a si mesmo de que não restava outra saída. Também, seria um modo de fazer Luísa reconhecer suas razões ao não aceitar o casamento. Queria ver nos olhos dela o arrependimento.

Dos Anjos teve mais trabalho para persuadir a irmã a abafar sua vergonha debaixo das saias e voltar para aquela casa. Luísa conhecia os irmãos e sabia que não seriam escorraçados, mas seriam humilhados em todas as ocasiões que parecessem propícias.

Ainda eram muito fortes as lembranças do cinismo de Mundico, do quanto se tornava inconveniente quando bebia e de como tal comportamento se agravara depois da escolha de Bernardo. Porém, como sair do poço sem fundo em que irresponsavelmente se metera? O peito seco. Uma criança sem leite a choramingar no seu colo. Ela mesma exposta a enxaquecas constantes. As dificuldades financeiras do marido se avolumando.

O incômodo dos primeiros meses foi, aos poucos, se dissipando no silêncio que a cercava. Com a farmácia prática de Vitório e as ervas que eu soprava no caminho de Dinha, ela voltou a se sentir bem e a criança ganhou cor. O sinal mais claro do revigoramento do corpo foi o fato de engravidar novamente. Despesas minimizadas, a paz com o sogro abrindo portas, o marido conseguira por fim montar o seu negócio e já pensava em investir em transporte motorizado de mercadorias tanto para seu empreendimento quanto para fazer frete para os demais comerciantes. Ninguém fazia isso por aquelas bandas, e ele achava que ali poderia estar a sua oportunidade.

Estava constantemente fora de casa. No comércio na cidade ou viajando para vender e comprar. Uma ajuda e tanto para contornar a situação de viver sob o mesmo teto de pessoas que não disfarçavam o mal-estar que sua presença causava. Contudo sabia que estava mais que na hora de terem um canto e seguirem suas vidas. Com as primeiras entradas dos fretes, mudaram-se para uma casa pequena na cidade. Confortável o suficiente para abrigar os filhos já nascidos e, quem sabe, receber os próximos.

Até aqui tudo se arranjava em paz entre as duas e Luiza abençoava a generosidade da irmã. Mas eu esqueci de contar que Luísa era de uma beleza simples, miúda, delicada. Não carregava consigo a vaidade natural das mulheres da sua idade. Já a menina Dos Anjos era vistosa, de dentes sempre à mostra contrastando com o vermelho dos lábios. Gostava da vida e a opinião dos outros não lhe afetava.

Aquele foi mais um dia em que Luísa se recostou no parapeito da janela para ver mais uma vez, o marido e a irmã saírem com destino a uma vaquejada. Ou uma corrida de cavalos nos prados vizinhos, não sabia ao certo. Era sempre assim: Maria dos Anjos chegava de repente. A desculpa era visitar as crianças. O propósito era se divertir longe das vistas dos irmãos.

Dos Anjos domava animais como ninguém, diziam. Voltavam sempre muito alegres, cantando vitórias para as crianças e provocando no coração de Luísa um redemoinho de ressentimento, orgulho e inveja, alimentando a angústia que apertava e desapertava o peito, acelerando e desacelerando suas batidas como se lhe avisasse que aquilo não terminaria bem.

O confessionário do Padre Ignácio era depósito de suas aflições. Voltava penitenciando-se pela maldade que escurecia sua visão. Rezava pedindo resignação e paciência. Elogiava a desenvoltura e bondade do marido, homem inteligente e trabalhador, para convencer a si mesma que era no seu corpo sempre grávido, nos seios sempre dispostos a amamentar, no seu jeito deselegante de se portar, na sua incapacidade de dar conta dos filhos, da casa e de si que residia o mal, se ele existisse.

Talvez sua irmã desejasse apenas não deixar que a tristeza do casarão a sufocasse. Pentear-se, usar rouge e pó de arroz, vestir-se como as mulheres na revista O Cruzeiro. Colocar máscaras e ir aos bailes de carnaval, dançar ao som de orquestras sob a proteção do cunhado, fugindo da vigilância maldosa de Mundico.

Rapidinho eu vi se juntarem num céu azul as nuvens pesadas. A preparação da tempestade durou pouco. Apenas o tempo necessário para que o boato se espalhasse pelas praças, bares, igreja, esquinas e janelas onde as senhoras espiavam a tarde cair. Ele negava com veemência. Luísa conhecia bem o espírito livre da irmã e o marido que tinha. Por mais que ele jurasse, não seria a primeira vez que ela se deparava com uma situação parecida. Já não contava as vezes em que a lavagem de suas camisas levantava suspeitas, ou que o via chegar de madrugada cheirando a cigarro e perfume barato sem que ele fosse fumante ou adepto de perfumes.

Nessas ocasiões, enlouquecia. Arrancava os cabelos e se perguntava se ele buscava em outras o que ela era incapaz de oferecer. Era o que ouvia. Era o que ela começava a acreditar. Ele, por seu lado, não era do tipo exibido ou violento. Era manso. Isso posso garantir para fazer justiça. Estrategicamente, ele se calava.

Farreava em um dia, e no outro saía com as crianças a passear. Levava-as ao parque, comprava um brinquedo novo. Nunca chegava em casa de mãos vazias. Esperava Luísa se acalmar para pedir desculpas. Dava-lhe razão. Repetia que, para ele, nenhuma mulher tinha o mesmo valor que ela. Ela queria acreditar. Era uma mulher de sorte. Precisava manter o controle sobre o ciúme, se esforçar para não levar a sério essas bobagens. Ele era homem. Porém, dessa vez a coisa passava do ponto. O caso envolvia a sua irmã. Por via das dúvidas, a expulsou de sua casa, pediu que não retornasse mais. Atirou o porta-retrato quando ela saiu. Descontrolada, cortou ao meio a fotografia feita na praça no exato dia em que o bendito oferecera guaraná e as identificara como filhas de Maria Guilhermina.

Tentei impedir que o fósforo acendesse, confesso. Ela riscava o palito e eu apagava com um leve sopro disfarçado de brisa. Sua determinação era tamanha que meus sopros perderam a força. Percebi que sua raiva ia aos poucos se esvaindo junto com a fumaça que subia do pedaço de papel queimado, restando apenas a cinza do que fora a bela figura da irmã. Acompanhei os seus movimentos. Não tenho certeza, mas acho que ela sentiu um arrepio. Só sei que tomou o terço em suas mãos e rezou por horas a fio, enquanto o marido embalava as crianças em outro cômodo. A noite não seria tranquila. Nem para elas nem para mim.

Fiz várias idas e vindas entre o Vale do Sossego e a cidade. Dos Anjos se defendeu dos insultos da mãe e dos irmãos com muita desenvoltura e segurança sobre sua inocência. O pai a ignorou. Trancou-se em seu laboratório e deu o assunto por encerrado, considerando que a filha mais velha novamente abria caminho para que a vergonha e a discórdia se instalassem entre aquelas paredes.

Quanto a Dos Anjos, essa podia parecer destemperada, mas estava ali sob o mesmo teto. Se algo de mal tivesse acontecido certamente a culpa era do salafrário que não respeitava as filhas de um homem honrado.

Luísa acordou cansada como se tivesse chegado de uma longa caminhada. Cansada, mas com o espírito pacificado e com a certeza de que precisava acreditar que o tempo a tudo acomodaria, como se a vida precisasse de intervalos marcados pela ausência de risos. Ela e o marido fizeram as pazes antes dele, mais uma vez, retomar sua vida pelas estradas depois de uma briga. A barriga não era mais que uma leve saliência no seu corpo quando um sóbrio Mundico bateu na porta. Não se demorou.

– Dos Anjos também está prenha... não disse ainda quem é o responsável pela desonra.

– O que você disse?

– Cê ouviu! Avise o desgraçado do seu marido que se ela abrir a bico e confirmar o que todo mundo já sabe, ele é um homem morto.

Quando Luísa recobrou os sentidos, estava deitada com Dinha a lhe fazer compressas de água gelada na testa, e pedindo que lhe trouxessem um chá. Sentia uma dor dilacerante na barriga e chorava desesperadamente. Levaram de casa as crianças um pouco antes do líquido quente correr entre suas pernas. O vermelho já inundava os lençóis. A parteira chegou a tempo de ajudá-la a expulsar o pequeno feto e conter a hemorragia. Estava todo formado, mas não tinha maturidade para respirar.

Pelo que se soube, Dos Anjos também perdeu o seu bebê e mergulhou na escuridão opressiva dos corredores do casarão. No mesmo lugar em que muitos anos antes, eu descobri não ser lugar de sossego, ou onde a alegria jamais encontrava motivos para se estabelecer. Havia quem jurasse que o tal bebê nunca existiu, que tudo não passara de um mal-entendido ou uma de suas piadas que fora levada muito à sério pelos irmãos. Assim como nunca se soube ao certo se o boato tinha um fundo de verdade ou não. O certo mesmo é que Luíza, o marido e as crianças nunca mais voltaram ao casarão do Vale do Sossego. Os avós não mais visitaram os netos. Maria Guilhermina encontrou como solução o desprezo às filhas, se fechando na sala dos santos que diziam ser mal-assombrada. Ou, repetindo meus gestos no oratório, no café e no cachimbo.

Não amoleceu o coração nem mesmo quando soube por terceiros, dez anos depois, que seu nome fora dado à filhinha mais nova de Luísa. O nome que, em verdade, era da mãe de Maria Guilhermina. Nem Luísa nem sua mãe a conheceram pois morreu de parto e era esse o motivo do nome repetido: uma promessa em troca de proteção, feita pela neta ao se descobrir grávida de gêmeos. Diziam ser uma mulher de muita bondade, um tanto santificada pelo povo do lugar. Talvez por isso levada tão cedo para outros planos, eu começava a concluir.

A essa altura Vitório já não saia do laboratório, desenhava mapas e dera para imaginar que havia potes de ouro no alto da serra onde brotava a água que corria em suas terras. Nem mais os festejos da Santa os animavam a sair de casa. O gado minguado, a cana, o algodão, a mandioca e a cera que ainda se conseguia extrair do carnaubal, ficaram a cargo de Francisco e seus filhos enquanto o alcoolismo consumia todas as energias de Mundico.

Sísifo decide ser feliz

Foi respirando os ares da Itália que em 2006, Júlio apresentou a Mina o livro *Abril Despedaçado*. Ela não conhecia o autor nem o enredo. Júlio tinha visto o filme de Walter Salles quando fez a cobertura do Festival de Veneza e, por força do ofício, pesquisou e tomou conhecimento da vida e obra do autor albanês radicado na França. Os primeiros *insights* de Mina chegariam ali, quando estavam mergulhados na arquitetura medieval de um pequeno hotel a algumas escadarias do topo de Perugia, cidade em que pernoitaram para descanso antes de Júlio dar continuidade à segunda parte da peregrinação pelo caminho de São Francisco.

Haviam finalizado a etapa Sul, percorrendo cerca de 500 quilômetros a partir de Roma, onde se encontraram no início da primavera. Mina estava fisicamente exausta, alguns quilos a menos, porém com a mente e o espírito revigorados e repleta de planos para uma vida nova, ainda que não ousasse confessar. Vinte dias de caminhada ao lado do irmão que sabia respeitar o seu gosto pelo silêncio e havia planejado os mínimos detalhes daquela aventura.

Sim, para ela fora uma aventura e tanto, em que a resistência do corpo foi colocada à prova tanto quanto a emocional. Mesmo oferecendo uma paisagem fascinante, o trajeto oferecia nas revelações da jornada interior, o seu maior tesouro. Uma terapia intensiva e, muitas vezes, dolorosa, mas que se impôs como necessidade. Momentos em que Mina submergia por completo na paisagem, como se fizesse parte dela, como se o movimento de suas pernas não se diferenciasse do balanço dos galhos das árvores, como se seu corpo fosse tão leve quanto dos pequenos animais que atravessavam as trilhas, como se o estalar das folhas secas sob seus passos se confundisse com o farfalhar das asas das pequenas aves, como se o som produzido pela entrada e saída de ar dos seus pulmões fossem notas do cântico dos pássaros distantes.

Carregavam na mochila o mínimo necessário, o que para Mina representou a primeira grande provação: enfiar na mochila apenas o peso que o corpo em movimento contínuo podia suportar. Andavam, em média mais de vinte quilômetros por dia, com direito a um abrigo para as noites, garantido pelo cadastro e credencial como peregrinos. Por sorte as crises de Mina depois da morte mãe não interferiram na sua disposição como nadar e curtir uma ginástica aeróbica.

Dividiam os quilômetros em etapas, com intervalos para descanso e lanches. Lógico que, dependendo da topografia, o percurso podia ser bem menor, o que seria recuperado depois nos trechos planos ou de descidas. O caminho que determinava o ritmo.

Não foi preciso pensar duas vezes antes de aceitar o convite de Júlio, assim que ele falou do novo contrato. Conhecia muitos lugares. Antes da acolhida de Luísa, Mina viajava sempre que podia. Era fascinada pela cordilheira dos Andes, e alguns percursos como as trilhas Incas lhe tiraram o fôlego quando era bem mais jovem. Viagens curtas, é certo. No máximo dez dias. Era o tempo que se permitia se ausentar do trabalho, normalmente nos períodos de recesso de fim de ano. Quase sempre sozinha. Às vezes, quando a saudade batia se encontrava com o irmão. Ficou impedida de realizar suas pequenas fugas durante o tempo que a mãe viveu no seu apartamento. Desta vez era diferente.

– Tô precisando de assistente. Pago bem e ainda tem a companhia de um rapaz alegre!

– Não conheço ninguém, Julinho. Cê sabe que não entendo nada de fotografia.

– Mas entende de fazer cócegas em irmão e de dar bronca quando ele faz bobagem. Veja os sinais do universo.

O projeto envolvia a cobertura fotográfica do caminho, entrevista com peregrinos, avaliação de albergues, e uma margem livre para o que o acaso sugerisse. Era uma revista dedicada a viagens com roteiros místicos. Pagavam bem. Nada a ver com os trabalhos anteriores que lhe abriam portas, como o premiado ensaio fotográfico sobre etnias, mulheres e crianças nos Balcãs. Algo mais leve sob o ponto de vista das dores do mundo, e talvez por isso mesmo, extremamente desafiador. Suas escolhas, além da remuneração, eram sempre determinadas pelo tamanho do desafio. O tema era irrelevante, uma vez que para ele era o resultado do trabalho que revelaria a sua importância depois.

Era o que Júlio repetia para si mesmo e para os outros sempre que questionado. A única certeza é que queria Mina como assistente. As aflições da irmã o atingiam fortemente mesmo à distância. Sabia que ela não estava bem e aquela seria uma oportunidade de resgatá-la do furacão em que sua vida se transformara. Uma forma de compensá-la pelo muito que sua carreira devia à sua coragem e ousadia.

Agora estavam ali dividindo o mesmo quarto de hotel como não faziam há muito tempo. Mais que isso, dividindo as mesmas sensações: cansaço, empolgação, sons da natureza, leituras e o desconforto dos pés igualmente inchados.

Depois de uma noite mal dormida pela excitação, o dia acordou com a barra da manhã prometendo o esplendor de um sol ainda raro por aqueles dias. Radiante, o céu treinava um fundo azul para a revoada dos pássaros. Ainda não eram sete horas da manhã, mas nem mesmo aquele ventinho gelado manteria Mina na cama por mais tempo, depois de ouvir a voz entusiasmada do irmão abrindo as cortinas "Uma luz magnífica, meu santo!" Saltou da cama como se os músculos das pernas estivessem recuperados. Entraram em Assis no dia anterior, ainda com a luminosidade da tarde, mas a reta final da caminhada os deixara exaustos, encharcados por uma chuva torrencial. Decidiram seguir de táxi para Perugia e retornar na manhã seguinte.

Tomaram o trem e depois um carro para alcançar Assis ainda com aquela luz. Subiram ao topo da colina, visitaram o convento de Santa Clara, e desceram ruas estreitas sem pressa. A ordem era abrir os olhos apenas. Encontrar Clara e Francisco em janelas floridas e arcos de pedra, nas torres que desafiam o tempo. Sentar-se em um café vendo o dia escorrer lá fora ou perder-se nas lojinhas de souvenir antes de chegarem à Basílica. Não procuravam as personagens idealizadas do filme que assistiram muitas vezes na sessão da tarde, tampouco as imagens presentes na sala dos santos do Casarão do Sossego: o quadrinho de São Francisco e suas chagas que acompanhava as histórias contadas nas calçadas por romeiros, na volta de suas peregrinações a Canindé.

Procuravam resquícios do homem e da mulher que se irmanavam com todos os seres da natureza, que se viam no outro e se despiam da arrogância que os cercava para entender a dor alheia, e tantos séculos depois ainda eram capazes de mover as pessoas, de extrair delas o lado bom em um mundo assustadoramente mesquinho.

Para Júlio era inevitável a comparação com a crueldade que presenciara em outros lugares. Assim como era difícil para Mina pisar aquele chão sem chorar. Amparada pelo irmão, caiu num choro profundo e libertador que só se igualava ao que lhe havia acometido no consultório do Dr. Marcelo na primeira vez que teve coragem de falar sobre si mesma. Depois daquele domingo chuvoso, em que exames clínicos e de imagens não rastrearam nada que justificasse a crise que a levou ao hospital em estado catatônico. Depois que ela decidiu seguir os conselhos da médica sorridente que a atendera e buscar um tratamento. Não foi tarefa fácil convencer a si mesma, reconhecer os sintomas e aceitar a recomendação. Sua capacidade produtiva não se alterava, e por isso continuava realizando as suas atividades com a mesma voracidade de sempre, o que parecia contradizer o que se ouvia sobre o assunto.

Tinha na obsessão pelo trabalho, o seu processo de autodestruição. Além disso, levaria ainda algum tempo de consultório em consultório, entre uma crise e outra cujos intervalos se amiudavam, até encontrar um profissional que lhe inspirasse confiança e uma terapia adequada à sua personalidade, seu jeito de ver o mundo, que a tirasse da estranha imobilidade que enterrava seus dias no trabalho e as noites em psicotrópicos, em um círculo vicioso que alternava luz intensa e sombras densas, como se a vida fora do escritório fosse um beco escuro e sem saída no qual não valia a pena se arriscar.

Quando a luz já não mais permitia fotografar retornaram ao hotel, não sem antes se darem ao luxo de uma refeição tipicamente italiana. Aceitaram sentar-se à mesa com um casal francês de meia-idade que conheceram no último trecho da peregrinação, e que topou conversar com Júlio sobre a jornada que para eles se encerrava ali, autorizando a publicação de suas fotos e história de vida.

Eram professores de História da Arte e Literatura em uma universidade ao sul da França. Por coincidência a esposa era admiradora de Ismail Kadaré, o que determinou o rumo da noite. A dificuldade com a língua não impediu que Mina acompanhasse toda a discussão, que misturava o inglês, o francês e o português. A conversa durou por volta de três horas, mas o tempo pareceu interminável para Mina. Naquela mesa se postaram as pistas sobre a razão de estar ali. Pegou-se sentindo inveja daquela mulher que falava de Literatura e Filosofia com tanto entusiasmo. Que citava autores ingleses, franceses e portugueses, e lhe fazia resgatar da memória algo que ela julgava morto. De repente estavam juntas repetindo os mesmos poemas, cada uma em sua língua, para em seguida debaterem o quanto as imagens ou a sonoridade das palavras se perdia ou não, na tradução.

Júlio ficou comovido ao ver a irmã fugir de sua costumeira racionalidade e entregar-se à emoção do momento, como a criança de tranças compridas com que dividira as aventuras no pequeno quintal de sua casa, a donzela em perigo e seu herói nos corredores do Vale do Sossego ou nos banhos em água de chuva acumulada nos lajedos que formavam piscinas naturais nas subidas do morro em que Dinha os levava a passear. As lembranças não eram nítidas, mas aquela serenidade no rosto era inquestionável. Exatamente a mesma suavidade da sua irmãzinha inseparável, de quem ele adivinhava os pensamentos para sua alegria ou irritação momentânea.

Lembrou e contou aos novos amigos, sob protestos, sobre o prêmio que a irmã recebera quando criança em um concurso de poesia da escola. Da autenticidade e da beleza arrebatadora de sua performance ao recitar um longo poema fazendo chorar até os menos sensíveis. Muito antes que a matemática encantasse sua vida. Muito antes que lhe dissessem que ser professor era um desperdício de inteligência, ou o caminho mais fácil para morrer de fome. Muito antes dela ter jurado para si mesma que jamais voltaria a depender financeiramente de alguém. Muito antes que isso se transformasse em obsessão ou, na única motivação de sua vida. Antes que ela se transformasse em um corpo carregado de severidade. Muito antes dela compreender que não estava fadada aos desígnios de um Deus vingativo.

Despediram-se com troca de e-mails e promessa de que receberiam um exemplar da revista tão logo saísse a publicação. O senhor que se mantivera mais contido ao longo daquelas horas, fazendo observações pontuais sobre a energia daquele encontro, beijou Mina na testa e ainda segurando a sua mão desejou boa sorte ao trabalho de Júlio, citando Camus: "É preciso imaginar Sísifo feliz".

O vinho e a fadiga acumulada em todo o corpo ajudaram Mina a dormir pesadamente. Não tinham compromisso para a manhã seguinte. Era um daqueles dias, do roteiro de Júlio, reservado ao acaso. Somente dali a dois dias retomariam a jornada e Mina encontraria coragem de expor ao irmão o que ele já esperava ouvir. Iria com ele para a Toscana, mas estava desistindo de fazer a Etapa Norte que se iniciaria no Santuário de La Verna, percorrendo em torno de 200 quilômetros para retornar a Assis. Companhia para um rapaz educado e charmoso não faltaria. Isso não era problema. Queria reprogramar sua vida, e essa era uma tarefa dela. Precisava estar só e ele compreendia como poucos os seus rompantes. Urgência maior seria comprar uma mala, algumas peças básicas de roupas que a libertassem daquela aparência de peregrina. Aproveitaria para visitar Florença, remarcando a sua volta de Milão. Estava decidido. Carregava um caderninho preenchido de anotações, inclusive as referências literárias sobre o tal escritor albanês que ficaria esquecido nos últimos anos da graduação retomada, mas voltaria com muita força no projeto de mestrado.

O primeiro dia de retorno das férias foi marcado pela alegria de toda a sua equipe. Mina nunca se ausentava por tanto tempo. Aproveitara os feriados da Páscoa e horas acumuladas para esticar um pouco mais os trinta dias de direito. Tempo suficiente para aventurar-se em uma viagem inusitada, dar início à resolução de pendências pessoais, abraçar o irmão e repensar a vida e a sua missão no mundo. Estava pronta para recomeçar.

Além do novo organograma com o seu nome proposto para gerência do departamento recém-criado, Mina encontrou os corredores em polvorosa. Não era apenas a reunião ordinária das segundas. Havia novidades. Nova configuração da empresa que tentava abocanhar uma valiosa fatia do bolo de consumidores emergentes. Seguindo a empolgação do mercado financeiro com os novos tempos, a filial galgara várias posições acima do esperado. Toda aquela euforia fazia balançar as certezas que a conduziram àquela reunião. Seria certo abandonar uma reputação construída durante longos vinte anos? Não estaria ali, entre números e conquistas, a sua missão?

Convencer seus superiores de que precisava de um afastamento não fora difícil. Fechada em si mesma, Mina acreditava que os outros não percebiam o estado real da sua saúde. Achava que o que acontecia no fundo da sua alma pertencia a ela somente. O seu corpo estava presente de oito a dez horas por dia, dedicando-se inteiramente. Precisava gastar suas horas extenuando-se naquilo que parecia realizar bem para se manter viva, exaurir suas forças e chegar em casa apenas para dormir.

Nos últimos anos obrigava-se a uma atividade física duas a três vezes por semana, o que fazia normalmente na saída do escritório. Aos fins de semana se dedicava a atividade solitárias como ir ao cinema ou entregar-se aos livros. Com Luísa sob seus cuidados reduzira a quantidade de amigos, com quem dividia somente o indispensável. No entanto, de alguma forma, todos sabiam como aqueles últimos anos tinham sido difíceis para ela. Um ou dois sabiam das dificuldades na relação familiar, e o quanto lhe custara a decisão de cuidar da mãe no estado em que ela se encontrava. Não sabiam dos detalhes. Reconheciam apenas o esforço de Mina para oferecer o que ela acreditava ser dignidade e qualidade de vida.

A proposta de vender o Casarão abandonado para que os recursos fossem revertidos em assistência e cuidados especiais para a mãe foi mal interpretada pelos familiares e causara enormes aborrecimentos. Não falaria sobre isso com ninguém. Só Júlio compreendia e ajudava com as altas despesas assistenciais, contratadas por sua conta e risco. Um misto de vergonha e arrogância impedia de expor a intolerância aliada ao gosto pela dor e a mesquinharia como traço daquela descendência do velho Vitório.

Família que ela escolhera não mais pertencer. Traço que ela desejava apagar. Para eles, permitir-se ter conforto e prazer era um pecado imperdoável, medido pelo custo financeiro como se dinheiro e patrimônio tivessem uma razão própria de existir e fossem mais importantes do que simplesmente viver. Justificava-se assim, os sacrifícios para o apego, para mantê-los intocáveis como troféus.

No escritório nada passava despercebido, sobretudo o que se relacionava a uma pessoa que despertava admiração de muitos ao mesmo tempo em que alfinetava egos inflados, acendendo faíscas de inveja e raiva em outros. Mina era simples, direta, autêntica e seu rosto não ocultava seus pensamentos. Percebiam-se as olheiras, a irritação, a magreza, as esquisitices. O que não se alterava era sua rotina, seus horários inflexíveis, sua responsabilidade. Sentiram sua falta. Todavia, agora podiam ver estampado no seu rosto, na elegância, no novo corte do cabelo, o quanto aqueles dias lhe fizeram bem. O que não sabiam, até aquele momento, era o quanto aqueles dias de folga significavam para Mina.

Antes que a reunião terminasse, ela anunciou a sua decisão de deixar a empresa. Utilizando o seu pragmatismo, sempre à mão, não deixou que as dúvidas repentinas e aquele clima festivo, e até mesmo uma proposta de promoção encontrada sobre a mesa, desmontassem o que tinha sido arquitetado com muito cuidado, pesando e medindo todas as variáveis.

Havia pressa. Estava reativando o curso na faculdade. O curso dos seus sonhos trancado há alguns semestres por falta de tempo. Greves nas universidades públicas lhe caiam como uma luva. O semestre começando com atraso se encaixava perfeitamente nas suas necessidades. Não olharia para trás. Tudo conspirava a seu favor, ou como dissera Júlio ao telefone no dia do convite: o universo oferece sinais. Decifrar signos, ela intuía naquele instante, era o que queria fazer.

Mina não chorou na homenagem de despedida. Pelo contrário, alegrou-se em ver nos slides a sua trajetória, seu rosto jovem ainda quando ali ingressara como estagiária. As mudanças no estilo de se vestir denunciadas pelas fotos, a evolução do seu pensamento intransigente muitas vezes, o reconhecimento de sua honestidade e postura ética seja na relação com colegas ou com clientes. De repente, era como se aquela vida não fosse a sua. Ou como se lhe fosse dada a oportunidade de escolher outra vida pela segunda vez.

A primeira, quando intuitivamente se desvinculou da família e escolheu moldar uma vida completamente independente, libertando-se do peso das roupas escuras e do cheiro de velas que lhe retornaria como imposição do destino mais de duas décadas depois. A segunda, pela escolha consciente que a levava a bater a porta do escritório atrás de si e a preencher os seus dias nos bancos de uma universidade, entre colegas novos e muito jovens, entre livros, leituras e escritas. De acordo com seus cálculos poderia se dar ao luxo de passar dois anos sem trabalhar. Tempo suficiente para concluir o curso. Um tempo sabático que lhe seria garantido não só pelas suas aplicações financeiras e indenizações a receber, como pela venda do luxuoso apartamento em que viveu nos últimos cinco anos. Compraria outro bem menor, mas confortável. Não precisaria de nada mais que isso para reorientar sua vida.

– Dra. Mina, tenho duas grandes notícias!

– Que bom, mas tire o Dra. porque isso é falsidade ideológica.

– Tenho uma ótima oferta para o seu apartamento.

– Sério?

– Mais sério que isso só a confirmação de que em poucos dias sai o Registro de Imóveis. A senhora e Júlio serão os legítimos donos daquela encrenca. Mas pelo estado de abandono aquilo precisa de reparos urgentes.

O agente imobiliário fechara a compra da parte dos demais herdeiros do Casarão do Vale do Sossego. Uma negociação complicada que levou anos, e em que os nomes dos compradores só seriam mencionados na hora de lavrar a escritura em cartório. Tudo como combinado, inclusive quanto ao percentual de participação de cada um. A participação em dinheiro de Júlio era bem maior que a de Mina. Mas, ele fizera questão que constasse nos documentos valores e percentuais iguais, para que Mina pudesse assumir toda a responsabilidade pela busca de parceria para os projetos que ele rascunhara para o Casarão.

Mina dormiu tranquilamente naquela noite. Não lembrou de sonhos no amanhecer. Ou, não quis lembrar. Decidiu que se mudaria dali a uma semana. O novo dono do apartamento lhe concedera o prazo de um mês, mas ela não precisaria de todo esse tempo. Muitas coisas foram doadas para abrigos, inclusive o guarda-roupa preenchido do figurino que compunha a imagem da mulher que ela deixava de ser.

Levaria os quadros, as fotos, os livros e CDs, parte das roupas mais leves, louças e objetos pessoais. Em dois ou três dias tudo estaria pronto.

Bárbara (1970)

Eu ainda me esgueirava pelo Vale do Sossego quando o velho Vitório, viúvo e acometido de uma doença grave, chamou os filhos para acertar a divisão dos bens sem fazer a revelação do que junto com ele se enterraria. Aquilo já não dizia respeito aos que carregavam o seu sobrenome e ainda estavam de pé cuidando da terra que com ele aprenderam a plantar, regar e colher.

Soa engraçado falar em bens. Já não era nem sombra da prosperidade dos primeiros anos que deram àquele jovem arrogante a posição que ele desejava alcançar. O casarão dava mostras de descuido e falta de reparos desde que Maria Guilhermina também passou a ocupar lugar no mausoléu. Depois que Dos Anjos repetiu o gesto definitivo de Bernardo, Francisco e Mundico decidiram retirar-se dali. Não suportaram o eco dos gritos da irmã alimentando um luto cheio de culpa. Venderam seus lotes.

Construíram casas modernas na cidade e se mudaram em busca de alegria para filhos e netos. Só voltavam para tirar, do que sobrou, o sustento. Fosse seguindo novos modelos de criação de aves e caprinos, fosse nas colheitas mecanizadas de frutas e grãos. Do carnaubal, quase nada restara, e desse pouco Francisco e sua família já se ocupavam. Mundico, cada vez mais fragilizado, contava com os filhos no comando do alambique cuja matéria-prima passou a ser fornecida por pequenos produtores locais. O resto eram algumas moedas de prata sem valor comercial encontradas no cofre, que podiam servir de relíquias aos netos.

Não os condeno por isso. Acho que mereciam um alívio. Precisavam se libertar da ingerência de um pai cuja mente já vivia em outro mundo. Cuidaram dos desmembramentos legais. Ao casarão mal-assombrado coube apenas alguns palmos de jardim e quintal que comportassem uma cerca ao seu redor estendendo-se até a cova dos mortos, ao pé das paredes rochosas de onde brotava o fio d'água. Esses locais, por pedido de Vitório, seriam destinados a Luíza. Seria ela a guardiã das fontes e das tristezas que marcaram aquele chão em que meu chinelo já não se arrastava. Assim como caberia aos seus descendentes todas as pelejas na justiça sobre a posse legal ainda questionada.

A nova proprietária não tinha recursos nem ânimo para ocupar e muito menos recuperar o lugar. Visitava a cova dos mortos regularmente. Acendia velas e retornava. O casarão ficou entregue aos meus movimentos só captados por olhos e ouvidos sensíveis. Alguém precisava proteger o que se escondia nas largas paredes e no limite do seu quintal. Eu não podia abandonar nem deixar Luíza inteiramente entregue a essa missão tortuosa que ela não entendia e da qual não queria sair.

A capela e o mausoléu, ou santuário como passaram a chamar anos depois, faziam parte dos meus domínios. De longe eu observava os que lá se detinham por bisbilhotice ou em busca de paz. Sossego. O nome por fim se concretizava.

Não posso negar que o chão que cercava a cova de Domingos me atraía desde antes do seu sepultamento. No tempo em que eu possuía um corpo, lá colhia ervas com facilidade, sem me dar conta do motivo. Nem mesmo depois, nas tantas vezes em que me arrastei para chorar meu anjinho. Até aquele dia que o arrancaram dos meus braços, minha mente era cega de gratidão pelo acolhimento. Não conseguia entender a rudeza de Vitório diante de tanta bonança. Rezava muito para que ele um dia reconhecesse a benevolência do Padrinho e do sogro, aliviando aquele peso que lhe esmagava os ombros por anos e anos. Se ele tinha conhecimento de como se deu a posse daquelas terras e porque ou como veio parar nas suas mãos, nunca me confidenciou.

E eu não conseguia enxergar um palmo diante do nariz. Era feliz. Feliz com o meu quartinho, com o tear, com as agulhas, com os bastidores, com a costura de vestidos para minhas netas. Não via, porque queria ser feliz. Não via, porque queria apaziguar a tormenta causada pelas sombras que pousavam sobre minha origem. Depois que meu menino se foi tudo deixou de existir. Passei a não ver, porque era infeliz.

A memória não voltou enquanto meu coração pulsava. Depois de morta, já não tenho chances. Os traços que marcaram a minha aparência me dizem que, talvez, minha mãe fosse indígena agregada ao grupo de fugitivos da escravidão. Reduzidos, enfrentaram as investidas durante a grande seca que me trouxe ao mundo lá pelos idos de 1877. No quarto em que eu dormia, ouvia muitas histórias sobre aqueles anos em que o generoso Coronel, conhecedor dos lugares de onde brotavam as águas, abrigou em suas terras os famintos em troca de trabalho. Retirantes dispostos a dar a vida por um bocado de comida para si e os seus. Era essa a condição. Se não concordassem, os capangas sabiam o que fazer para empurrá-los para além das cercas.

Mas isso já não é importante. O fato é que comecei a me afastar do casarão e buscar a leveza deste posto de observação quando Luísa foi levada para a capital, para cumprir seus últimos anos de vida. Sabia que os vivos não tardariam a reocupar. Depois, eu já me cansava daquela vivência errante. Para minha história na Terra só valia o tempo em que meus pés pisaram com firmeza aquele chão. Em que meu corpo se exauria entre lágrimas e risos. O que veio depois já não mais me afetava. A não ser a curiosidade sobre como os ciclos se findavam e recomeçavam carregando parte de mim.

Ciclos que me levaram a compreender Vitório. Ele guardou para si o segredo para não marcar sua descendência com o fardo que foi obrigado a carregar: mãe sem nome, mãe sem marido, entregue ao desfrute do carrasco da sua gente. Era filho da falta de compostura, do pecado, da insanidade, da fraqueza, da covardia.

Era isso que dizia aquele termo grafado em seus documentos: "filho natural". O "pai ignorado" que legara ao seu corpo a aparência, oferecendo a qualquer pessoa que o olhasse o dado que o registro desconhecia. O "pai ignorado" que acompanhara seus primeiros passos, que o ensinara a cavalgar. Ao contrário dos tantos afilhados largados nas choupanas, ele fora ensinado a amar e respeitar o "pai ignorado" como um bondoso padrinho.

Tampouco quis alardear sobre as armas usadas para arrancar do Coronel o que era seu por direito. O ódio se enraizou no seu peito mas não foi capaz de se vingar, manchar as mãos de sangue. Ramificou e frutificou com sentimento difícil de lidar: ser filho do homem que odiava. Na adolescência, sob o olhar enviesado dos diretores do colégio, se deu conta da sua condição. Descobria ser a personificação do que constava dos livros e ainda se repetia séculos depois com toda crueldade disfarçada como se fosse "natural". Era linhagem direta dos que não se contentando com a terra usurpada, se apossavam do corpo e, algumas vezes, conquistando a devoção dos corpos violados. Era isso que estava na cabeça do menino que abandonou o meu colo. Desconfio que outros sentimentos também corroíam a sua alma. Aparentemente com mais força. Tinha uma vergonha secreta de ser apontado como meu filho. Mas isso já não me dói. Posso falar sem sentir. Ele era branco como o pai. Quando o amamentava, muitas vezes fui confundida com ama-de-leite. Eu calava. Cresceu correndo nos pastos com os netos do Coronel, se vendo como um igual. Casou-se com uma branca. Edificou uma casa grande. Queria uma descendência limpa, estudada, sem relação com ocas ou senzalas. Sofria por ser ilegítimo. Odiava os que negaram o seu direito de ser igual, pois assim ele se via. Talvez, isso justificasse as escolhas conflituosas que o faziam repetir o modo de agir dos que o condenavam àquele martírio. Talvez se tivesse saído a mim, fisicamente, teria juntado os demais afilhados de Joaquim e de outros coronéis e vingado os seus. Ou, participado dos movimentos da gente do lugar que ele via com maus olhos.

Mas o branco Vitório também secretamente se identificou com o opressor. Não sei. Estou novamente divagando. Minha desconfiança cai por terra quando olho para o cajado que o acompanhou até a morte. O fato é que seu coração se fechou. Quanto a mim, só posso falar que aprendi a amar Joaquim durante todos os anos em que vivi sob sua proteção. Primeiro como pai, depois como amante e por último como um velho que dependia dos meus cuidados. Quanto a ele, sei que o bilhete e o anel deixados na gaveta não fizeram parte do acordo com Vitório. Eu acreditava ser prova de sua afeição por mim e o brilho me cegava. Agora já não sei.

Os corpos enterrados. As lembranças turvas. Os ossos. Quase nada sei sobre o chão do meu povo, protegido por pedras, de onde brotava em gotas um bem raro, atraindo os olhos dos poderosos. Desmemoriada e vivendo naquela Fazenda, aprendi que não eram gente civilizada, eram pagãos. Não tinham modos. Não conheciam o evangelho. Eram inferiores, como animais, por isso não mereciam bem tão precioso. Podiam ser escorraçados, tangidos. Arranjariam outros locais. Sempre se arranjariam.

Não faltava terra neste mundão. Se esboçassem reação, seriam mortos sem piedade pela ousadia e para servir de exemplo. Ao longo do vale, os fazendeiros avançavam. Eles recuavam. Os jovens fugiam em busca de refúgio do outro lado das serras. Outras, como eu, negavam a si mesmas se deslumbrando com as migalhas. Vitório era esperto, inteligente e sabia mais que isso. Usava o cajado sem nos explicar a sua origem ou como chegara às suas mãos.

Vitório não me perdoou. E mais que isso, Vitório queria que com ele findasse o tempo das dores.

Luísa, a herdeira, não viu o desejo do pai se realizar. A chegada do seu cadáver àquele chão sagrado soprava ao vento a trágica realidade dos que se deixam aprisionar pela roda do tempo que atrai para o centro onde a dor se instala, abençoando os que se fecham para velar os mortos e amaldiçoando os que fazem opção pela vida.

Passa da hora de me afastar.

O medo da loucura

– Acho que estou enlouquecendo!

– O que mais te assusta na loucura?

Mina levantou-se do divã, interrompendo o relato de um sonho confuso. Olhou para o relógio, pediu desculpas acrescentando que precisava correr. Tinha esquecido um compromisso importante. Dr. Marcelo se levantou tranquilo e seguiu em direção à porta, apertando a mão que se estendia à sua frente enquanto falava.

– Confirme a próxima sessão com a atendente, por gentileza. Tenho um congresso semana que vem.

Não era sonho. Quer dizer, era sonho às vezes. Mina teria cinco anos de idade. 1965, talvez. Fora arrastada pela mãe até aquele lugar, sem o Julinho. Viajaram por três horas no único ônibus que fazia linha direta para a capital. A velha caminhonete do avô já não ia tão longe, restringindo-se aos trechos entre o Vale do Sossego e a cidade. Luísa já se vestia de preto e já não tinha no dedo o anel, embora as juntas ainda estivessem intactas. Tampouco os olhos manifestavam algum brilho, quando os impulsos da sua inocência apontavam os bonecos pendurados nos carrinhos dos ambulantes. Sentia apenas o puxar mais forte da mão. Hospedaram-se em uma pensão simples indicada pelo médico do posto de saúde. De lá era possível ir andando até o sanatório. Ou se decidissem por um táxi seria fácil e pagariam pouco.

– Por favor me leva daqui, mãe! - Implorou Rosa aos prantos: eles me deram choque! Rosa chorava como uma criança, tinha os olhos muito inchados e repetia a última frase a cada vez que a mãe dizia que ia conversar com os médicos, que ia ver o que se podia fazer.

– Mãe, por favor! A senhora acredita em mim?

– Olhe, eu trouxe a Mina.

A mãe abanava a cabeça e apontava para a pequena puxando-a e a fazendo encarar aquele rosto sofrido, emagrecido, marcado por enormes olheiras que sobressaiam naquela imensidão branca e só encontrava ressonância no vestido desbotado da mãe. A sua presença era, então, uma tentativa de levar à irmã um pouco de alegria ou, talvez, desviar o assunto, ela deduziu com a mesma certeza da descoberta de que tudo ali era branco.

As cadeiras eram de ferro branco. O quarto tinha grade branca nas portas e nas janelas. As camas eram brancas. As pessoas estranhas no pátio estavam de branco. Eram duas camas com lençóis brancos, mas ela estava só. Mina deduziu que ela estava só para se proteger dos outros. Sentia que precisava fazer alguma coisa, cumprir o seu papel. A enfermeira, vestida de branco, entrou desfazendo aquilo que podia ser o esboço de um abraço entre a irmã e a pequena Mina, por quem ainda era possível demonstrar afeição e ser retribuída. O corpo de Luísa já não se dispunha para abraços.

– A senhora não dê ouvidos a essa moça. Os remédios deixam os pacientes meio confusos, mas ela vai ficar bem.

A enfermeira ia falando enquanto verificava a temperatura e checava se os outros sinais estavam em ordem. Rosa engolia o choro junto com os comprimidos, depois sua voz foi ficando mais lenta. Perguntou como estava o Julinho, o que diziam dela na cidade. Luísa a tranquilizava dizendo que estava tudo bem, que logo, logo, ela estaria de volta, e que achariam um jeito de tudo se resolver. Por enquanto precisava do repouso naquele lugar.

A voz de Rosa ia ficando cada vez mais embaralhada, preguiçosa, como se o desejo de falar não suportasse o peso da língua. Os olhos se amiudando dentro do inchaço. Mina pulou na cama e se agarrou à irmã, pedindo à mãe para ficar ali. Queria cantar pra ela dormir, contar uma história. Ouviu a risada da enfermeira borrando o branco das paredes.

– Ah, ela vai dormir, nem se preocupe!

Apagaram as luzes e fecharam as grades com o cadeado quando as duas deixaram o quarto e mergulharam na alvura daquele labirinto, Luísa precisava ainda falar com o médico. Disseram que este já não estava, depois de muita insistência marcaram na agenda para a manhã seguinte.

As perguntas de Mina ecoavam no silêncio do banco traseiro do taxi entre uma buzina e outra, e os psiu da mãe com o indicador na boca. Não se sabe se Luísa não tinha respostas ou se queria apenas apaziguar a sua impotência diante do sofrimento de Rosa, a filha adolescente de 17 anos que sucumbira à tristeza desde a morte do pai.

A tentativa de emprego como secretária dos missionários ajudara de início, contudo quando as visitas de um deles se tornaram frequentes despertando a malícia dos vizinhos, ela parou de dormir. Noites inteiras em claro, como se os olhos ardessem em brasa. À medida em que as vozes da cidade ecoavam morro abaixo, em todas as direções chegando até ao Vale do Sossego, vieram a falta de apetite, os desmaios, o tremor nas mãos e o medo. O medo que a impedia de levantar, de trabalhar e de cuidar de si.

Passaram em uma banca de revista antes de voltar ao quarto de pensão, onde as perguntas de Mina foram esquecidas entre os quadrinhos divertidos da Luluzinha, do Mickey e do Pato Donald. A conversa com o médico foi difícil. Luísa questionava o tipo de tratamento considerando que sua filha não apresentava sinais de alucinação ou agressividade que pudesse colocar em risco a vida de outras pessoas. Ele não confirmara a versão sobre os eletrochoques.

Limitou-se a explicar que em certos casos era necessário. Ficou acertado que dali a um mês a moça passaria por uma nova avaliação com toda a equipe, que poderia resultar em alta. Luísa se acalmou. O médico fez perguntas e, depois de ouvir os relatos sobre os fatos que desencadearam a crise, alertou que ela precisava providenciar um ambiente que favorecesse a recuperação daquilo que ele diagnosticou como estafa mental. Se não, tudo seria inútil e a vida dela estaria em risco. Luísa já tinha ouvido essa recomendação uma vez, sabia o exato significado daquelas palavras. Calou-se.

Mina não lembrava como se dera a separação definitiva. Assim como quase nada sabia sobre o pai, além do fato de terem lhe contado que ele havia ido para o céu muito cedo, ou para o inferno como repetia seu avô Vitório diante das dificuldades financeiras que a mãe recebeu como única herança. Ouviu muitas histórias sobre venda de bens, sacrifícios e trabalho árduo repetidas pelos avós e pelos tios para justificar a austeridade que os rodeava por culpa daquele que, na visão deles, desgraçara a sua família.

Sobre o que exatamente significava aquela desgraça nada se disse além das insinuações de que os boatos que cercavam a irmã adoecida eram castigo da ira divina, consequência dos erros do pai em outro tempo. Aqui se faz aqui se paga, repetiam a sentença. Não vai merecer respeito, ficar mal falada e não arranjar casamento.

Mina desconfiava que eram palavras como essas que bebiam as lágrimas e moldavam os olhos secos da mãe. Os olhos secos estavam entre as lembranças mais nítidas da casa mal-assombrada do avô. Poderia vir daí também o seu emudecimento. Quando Rosa saiu do sanatório passou a se cuidar melhor e ganhou dos missionários uma bolsa de estudos para terminar a escola normal em outra cidade. Ouvia-se, em baixo volume, que estava envolvida nos movimentos da juventude católica ligados à educação.

Mina e Júlio nada mais souberam sobre seu paradeiro até que o agente imobiliário lhes desse notícias de mais gente reclamando sua parte na herança do casarão.

O que me assusta é a perda da consciência, pensou Mina, a possibilidade de perder o controle das coisas, da minha vida, do que falo, do que faço. Ou, talvez, um possível traço genético. Anotou rapidamente no bloco que ficava na mesinha de cabeceira, ao despertar.

Embaixo do chuveiro, com a água fria arrepiando todo o seu corpo, ela pensou na outra questão que atormentava seus dias. Não sabia se isso era privilégio da sua mente atordoada ou era coisa do envelhecimento. Ainda que a disposição para estudar lhe renovasse o espírito, aos quarenta e quatro anos já se sentia velha. Conhecia mulheres muito joviais nessa idade, mas não achava ser esse o seu caso. Olhava-se no espelho e não via a mulher bonita e inteligente que os outros apontavam.

Estava cada vez mais difícil separar o que era memória de infância do que era imaginação. Pensando bem, ela sempre precisou usar a intuição, a imaginação e outros recursos para deduzir os fatos, montar o quebra-cabeças de não ditos da sua família. Sua tarefa era recuperar sentimentos esmagados entre o dizer e não ser ouvido, o dizer e ser mal-entendido, o dizer e ser punido, ou o não ouvir para não se ferir. Cresceu assim, desenvolvendo uma habilidade de dedução assustadora.

Escolheu um vestido bem amplo e colorido. Uma maquiagem básica. Saiu às pressas. Prometera encontrar uma amiga em uma cafeteria a alguns metros do departamento de letras. A amiga precisava discutir algum conceito teórico, queria lhe mostrar novas descobertas em antigas leituras e se certificar de que aquilo tinha algum valor. Era capaz de discutir por horas, mas seu tempo estava reduzido. Entraria em sala de aula às dez horas. Daí a necessidade de tomarem o café da manhã juntas para ganhar tempo. Decidiu que almoçaria por lá e passaria a tarde na biblioteca, adiantando a pesquisa para um artigo final da disciplina de especialização. Uma correria que a deixava extremamente feliz.

Não lembrava de ter se sentido assim em outro período da sua vida. Apesar do salto no escuro e de ainda pisar em terreno desconhecido, entrava com tranquilidade naqueles lugares que lhe proporcionavam o estar entre mundos tão diversos do seu. Tinha o dobro da idade de seus colegas de faculdade e essa convivência com gente jovem lhe fazia bem, ainda que a levasse a se sentir tiazona de todos, isso tinha lá também seu divertimento.

A jovem amiga de Mina desenvolvia pesquisa em história e ficção. Já estava decidida que tentaria o mestrado com um projeto nessa área. Ela queria estudar a tríade *real – fictício – imaginário*. Mina foi pega de surpresa. Que estranha coincidência ter sido chamada para discutir o assunto naquele instante. É certo que as duas tinham cursado juntas a disciplina que a despertara para aquele tema, mas já havia um bom tempo decorrido. Mina optara pelo estudo das tragédias, de como a linguagem do mito na literatura se transformara lá por volta do século VI a.C. dando origem a uma nova linguagem em que os deuses tomam distância dos humanos, pondo-se em questão essa possível articulação.

Saiu da discussão intrigada com o encontro. Querendo entender o que aquilo lhe dizia sobre suas dúvidas, seus medos, sua busca por autoconhecimento. Voltariam a se encontrar, certamente. Todavia, agora era anotar e correr.

Teria muito assunto para o divã do Dr. Marcelo, quando ele retornasse. Mina se sentia muito à vontade para inserir tais temas na sua psicoterapia. Ele era admirador da arte literária, leitor voraz e estudioso do processo da escrita como libertação ou necessidade de reconstrução de uma verdade interior. Talvez fosse essa empatia que a tivesse levado ao estado de bem-estar, depois de anos de sofrimento e de busca desesperada por uma saída daquele mundo de autodestruição.

Dois anos depois daquele encontro com a amiga, Mina diria ao seu terapeuta, no último minuto da última sessão, que estava bem. Saberia se cuidar dali para frente ou, no mínimo, tinha um nome a quem recorrer se voltasse a precisar. O medo da loucura já não a assustava. Sentia-se segura para seguir aprendendo a lidar com suas fragilidades, sua história, sua imaginação. Agora era buscar trabalho.

Precisava reequilibrar a situação financeira. Sentia-se uma privilegiada nesse ponto em relação aos colegas que ainda buscavam o primeiro emprego. É certo que tinha saído da empresa onde trabalhou por vinte anos com um bom saldo bancário, o que lhe ofereceu uma condição de vida estável para recomeçar. Mas seu tempo sabático se estendera além dos dois anos previstos. Boa parte do dinheiro da venda do apartamento se fora quando ela e Júlio precisaram aportar mais recursos na compra da parte que cabia aos demais herdeiros do casarão abandonado.

Foi por esse tempo que tomaram conhecimento de que no inventário, que seguiu o testamento do velho Vitório, o casarão desmembrado fora destinado à mãe deles, sem nenhum questionamento da parte de Luísa. Era o que lhe cabia: a escuridão dos corredores, o arrastar de chinelos, as goteiras, um fogão à lenha, um velho cachimbo e os arredores da sepultura como patrimônio único que ela se recusara a fazer uso e deixara em ruínas aos que saíram do seu ventre.

Quando a compra foi finalizada, a localização do Vale do Sossego já não era considerada zona rural. Era um bairro um tanto afastado do centro da cidade, com muitas chácaras, mas com linha regular de transportes coletivos. Júlio tinha planos, embora soubesse que uma reforma e a manutenção seriam inviáveis para os dois. Daí a decisão por buscar parcerias.

Encontraram uma Fundação que estava disposta a preservar o patrimônio arquitetônico, transformando-o em mais um dos pontos culturais mantidos por eles. Coube a Mina conhecer e se encantar com esses lugares, assim como toda a negociação. Os dois vibraram muito com a demonstração de interesse por parte da direção. Cederam direitos sobre uso do imóvel, exigindo apenas a recuperação física e finalidade cultural. Um problema a menos e ela agora poderia se concentrar na batalha por um sustento. Era apenas isso que procurava: um sustento. Não trocaria a vida simples que conquistara nos últimos anos por nada.

Os anos sabáticos fortaleceram dentro dela a visão de que não fazia sentido acumular riqueza ou ostentação. Queria apenas viver com suavidade e prazer, sem carregar sobre os ombros o peso do mundo. Queria ser verdadeira consigo mesma. Foi com esse espírito que apresentou seu projeto de mestrado e confirmaria depois a aprovação.

– Ainda está em busca de emprego?

– Desesperada!

A resposta foi automática assim que Mina reconheceu a voz do seu antigo chefe. Tomaram um café juntos semanas antes. Uma boa conversa e a exposição de seus planos. Estava fechando um contrato como professora de uma escola privada. No entanto, durante o processo de negociação da parceria para recuperação do casarão, ela tivera a oportunidade de conhecer uma executiva do banco a que a tal Fundação se vinculava. Ouviu e discutiu tentando entender os seus interesses no ramo da cultura e de como se organizavam para cuidar de algo aparentemente distante da atividade fim, mas que se fazia necessário para garantir sustentabilidade aos seus lucros e ambições futuras.

O ex-chefe compreendia perfeitamente, estavam também dando os primeiros passos nesta direção. Foi então que Mina tomou conhecimento de que na administração regional eles mantinham cargos de analistas ou curadores dos projetos de artes e literatura para gestão de um calendário cultural diversificado em cada um dos pontos. Ele mantinha muitos contatos na área financeira, não seria difícil sondar e avisar quando surgisse uma vaga. Ela preferia assim, achava mais justo e mais respeitável para sua imagem profissional.

Passar por um processo seletivo seria mais ético do que pendurar um pedido de emprego à recém firmada parceria para administração do casarão no Vale do Sossego. O diploma, a especialização, a experiência em ministrar oficinas, os ensaios publicados, o histórico e a aprovação de seu projeto de mestrado eram uma garantia de conhecimento na área e lhe ofereciam segurança para pleitear o emprego, contudo nada disso teria valor na avaliação deles sem as referências e sua experiência anterior. O mercado financeiro funcionava assim, isso ela sabia bem.

– Fico te devendo mais uma!

– Fazemos investimento, esqueceu?

– De risco calculado, espero. Esse pode ser de longo prazo e o risco imponderável.

Desligou o telefone. Sobre a mesa do escritório uma pasta organizada aguardava um sinal para lhe oferecer um caminho novo, que não negava a existência do anterior. Ao contrário, nele se apoiava. Suas duas vidas anteriores aqui se entrelaçavam como partes de uma tapeçaria inacabada. Os fios estavam agora em suas mãos. Era tecer.

Vida em movimento

"Estendida ao vento, a camisa impregnada de sangue permanece dia e noite, por meses e estações inteiras". As palavras usadas por Kadaré para explicar como seu herói era incitado à vingança trouxeram, de súbito, à mente de Mina a sua bisavó Bárbara. Hoje em 2012, pensava naquela mulher enterrada com a camisa amarelada marcada com o sangue do filho que morreu em seus braços.

Uma imagem criada por sua imaginação a partir das histórias sussurradas entre paredes no Casarão do Vale do Sossego. Nunca fora confirmada uma versão oficial dos fatos. Comentava-se que, com muito sacrifício, conseguiram desprendê-la daquele último abraço. No entanto, acharam por bem colocar a camisa sob a mortalha de linho branco, com rendas e bordados elaborados por ela própria durante os anos de mergulho na dor. Afinal, Bárbara partira no exato dia em que os responsáveis pelo ato que impregnara sangue no seu ventre passavam pela mesma dor. A dor que tornara os últimos anos da sua vida apenas um caminho escuro rumo à travessia da fronteira que a levaria a reencontrá-lo no céu.

Na narrativa de Kadaré uma camisa levava à outra. Era nisso que Mina pensava ao tomar coragem e esvaziar a caixa metálica que se escondia no canto mais alto do armário. Colocou o anel no dedo em um gesto automático. Resolveu abrir o saco em que outra camisa manchada fora guardada pelo avô Vitório, e colocada na caixa com a arma e o diamante. Os objetos chegaram na sua vida por puro acaso, reavivando a memória daquele dia em que se escondera na edícula para não ouvir os gritos da tia, para fugir do descontrole do avô ao arrancar dos dedos de Luísa o anel e as alianças, não ouvir o seu agradecimento a um deus vingativo que providenciara a ida do desgraçado, que provocara aquela situação, para o inferno. O dia que não se apagou. Já era noite quando fora enxotada do esconderijo feito um cão sardento. Na manhã seguinte ela e Julinho foram levados para o morro e adormeceram tudo nas águas geladas da cachoeira e na vista do horizonte sem recortes.

A pistola tivera seu fim como orientado pelas autoridades diante do recibo amarelado que a acompanhava. O resto estava intacto desde o dia em que Marcelo a acompanhara na entrega da arma. Sentira-se tão aliviada que esquecera do assunto. Não tinha sequer levado o anel para limpar ou avaliar. Não sabia o que fazer com aquilo. No entanto, arrumar o quarto e montar um escritório novo lhe obrigava a enfrentar os vestígios que se guardavam no escuro dos armários e encontrar uma solução. Era preciso descartar o que não tinha mais lugar e guardar o que fosse precioso. Talvez a solução surgisse daquela coragem repentina de estender aquela camisa ao vento. Não em busca de vingança. Não se tratava disso. Vendetas não faziam nenhum sentido quando olhadas do lado de fora e à distância, ainda mais naquele caso. Era desejo de entender o homem rude que roubou de sua infância a doçura da palavra vovô. Desejo de entender o passado, de afastar sua carga negativa para abrir caminho para as frestas de luz, de ar puro, de vida.

Ao desdobrar a camisa, caiu sobre o seu colo um pedaço de tecido estampado chamuscado nas bordas e um papel amassado em que estava escrito apenas a palavra "Adeus". Não conhecia aquela letra, mas a estampa do tecido não era estranha. Alcançou rapidamente a caixa de fotos antigas de Luísa. O pedaço de saia que aparecia na foto partida de sua mãe tinha a mesma estampa, era fato. A outra metade do retrato havia sido destruída pela própria Luísa em um acesso de raiva. Pelo menos era essa a conclusão de Mina ao reunir cacos de memória durante os lampejos de lucidez da mãe. Porém nem todos os espaços vazios foram preenchidos deixando o mosaico incompleto. E, de repente, ela tinha nas mãos o que restou não do lado partido da fotografia, mas da própria saia. Não do papel em que se revelou a imagem de um instante feliz, mas do tecido que revestiu e alegrou um corpo. Ou, um pedaço não contado de vidas soterradas no mausoléu dos Dos Santos.

Saiu do quarto em direção à varanda. Precisava de ar. Um café, talvez. Ligou para o irmão enquanto sentia o aroma forte invadir a cozinha. Precisava conversar com ele sobre o conteúdo da caixa. Quem sabe ele poderia sugerir algo. Se haveria espaço para exposição dos tesouros secretos na galeria no Centro de Cultura Casarão do Sossego. Ainda não sabiam que nome a Fundação daria ao seu centro de cultura, por isso Júlio e Mina o chamavam assim. Como sempre, ninguém respondeu. Deixou recados na secretária do telefone fixo. Enviou mensagens para o móvel. Nada. Era esperar.

Mina não demonstrava interesse por joias. Mesmo nos melhores tempos no sistema financeiro nunca se interessou, nem pela ostentação nem por esse tipo de investimento. Usava pulseiras, anéis e brincos de preferência de prata. Ou os substituía por bijuterias coloridas, de design discreto e suave, penduradas no pescoço. Casavam bem com a sobriedade de suas blusas, com o branco sobre o índigo ou cáqui de suas saias e calças de todos os dias. Ou traziam graça aos vestidos que ultimamente tomava boa parte do seu guarda-roupa reduzido. Sentiu o peso do diamante sobre seu dedo magro. Sem dúvida deveria ser muito valioso.

O design vitoriano, ela supunha, exibia curvas e elevações que não se viam em joias modernas. Moldado em ouro branco, fugindo do amarelo mais comum para o período, apresentava uma base robusta. No alto, uma coroa de linhas grossas, ligeiramente encurvadas e maciças abrigava uma pedra vistosa. Das laterais desciam alças onde se encravavam duas pedras menores de cada lado protegidas por uma espécie de curvatura que se retorcia graciosamente até a metade do anel.

Também estava convencida de que aquele era o anel arrancado do dedo de sua mãe. As alianças derretidas misturaram-se às cinzas em uma alquimia reversa. Se é que isso é possível. No entanto, o que agora lhe parecia certo é que o ardor daquele fogo secara os olhos de sua mãe. O fogo que não se apagava. Em meio à imagem do fogo, tentou recompor o último sonho com aquela mulher. Pegou o caderninho de anotações: Cinco gerações.

Não havia menção sobre o anel. Talvez, não fosse esse o caminho. Além disso não estava certa se queria voltar a encontrar Bárbara, ou sabe-se lá quem fosse, nos seus sonhos novamente. Aparentemente tinha se libertado. Riu de si mesma ao lembrar que estavam na quarta geração, e que se dependesse dela e do Júlio a quinta simplesmente não existiria. Não, a partir deles que cedo cortaram os laços e não dariam sua contribuição para essa aproximação que fundia berço e túmulo e afundava gerações em sentimentos que vão muito além da vingança, os direcionando para a tristeza e a imobilidade.

Tinham escolhido o movimento. Ali mesmo decidiu que procuraria um joalheiro na manhã seguinte para avaliar e proceder uma boa limpeza. A joia não constara do inventário, portanto ela não a considerava sua apesar de estar entre seus dedos. De posse do valor, ela e Júlio tomariam a melhor decisão sobre o assunto.

Acendeu o abajur e sentou-se no pequeno escritório com a mesa abarrotada de livros. Tinha urgência em finalizar a apresentação da dissertação cuja defesa estava marcada para dali a uma semana. Retomou o volume de Lesky sobre a tragédia grega. O marca-página apontava algo que ela própria tinha marcado em leitura anterior. O parágrafo onde se afirmava que Ésquilo via os eventos humanos como uma engrenagem entre a coação do destino e da própria vontade do homem. Agamenon tinha se curvado ao jugo da necessidade e dirigido o seu senso para o crime. Ou quando aponta que Orestes desejava vingança ainda que isso lhe custasse a própria vida. Fez diversas anotações pontuais.

Lembrava agora das recomendações do seu orientador sobre a não necessidade de esmiuçar quase dois anos de pesquisa em uma única apresentação. A banca já conhecia o trabalho completo. Portanto, era uma questão de saber pinçar os pontos mais relevantes, as descobertas, as conexões, de modo a convencê-los do seu domínio sobre o tema, do quanto eram substanciais e verdadeiras as suas conclusões sobre aquele estudo. Estava tranquila e confiante quanto a isso, embora carregasse consigo o medo infantil de se desnudar, de revelar nas suas expressões mais do que o que fosse necessário.

Falar em público não era problema. Fizera isso inúmeras vezes em reuniões internas e com clientes da empresa. Porém, lá eram os gráficos e os números que davam o tom muito mais do que as palavras. Todas as interpretações soavam tendo números e cálculos inquestionáveis como respaldo. Havia o intangível, evidentemente. Mesmo assim surgia disfarçado de percentual de risco. Falar de palavras, de sentimentos, de arte, da alma humana era outra dimensão da vida que lhe encantava e seduzia, mas ainda se erguia sobre uma superfície instável e isso lhe trazia uma boa dose de insegurança.

Eram duas horas da manhã quando o toque do telefone estremeceu o silêncio e a escuridão do quarto:

– Júlio, tu sabe o que é fuso horário?

– Oh, irmãzinha me perdoa! Tenho certeza que essa corujinha estava de olhos bem arregalados.

A voz de Mina se perdia em meio ao susto e a alegria do contato.

Conversaram alegremente sobre o andamento da obra, as pendências burocráticas que ela tinha assumido em seu nome e, logicamente, sobre a caixa metálica. Mina ficara surpresa com o valor do anel. O joalheiro identificara no diamante além do peso um velho corte europeu que agregava valor pelo brilho que proporcionava, afirmando fazer muito tempo que não via algo igual. Isso sem falar da carga de sentimentos bons e ruins que o anel portava. Claro que o joalheiro não sabia da história daquele anel, mas conhecia histórias de anéis e era isso que estava presente na ambiguidade do seu sorriso ao repetir que "valor sentimental" não entrava na conta.

Resolvera deixá-lo bem acomodado em um cofre de Banco. Não queria correr o risco a que se submeteu o rancoroso senhor Vitório ao enfiá-lo em uma caixa de prata enterrada em uma parede de adobe naquele lugar perdido no nada. Não podia brincar com a sorte. Discutiram sobre as inúmeras possibilidades e soluções para o caso. Divagaram sobre os eventos que determinaram o seu percurso. Ou, o percurso que eles montaram para o anel.

Os dois nada sabiam e faziam conjecturas engraçadas sobre como o tal anel chegou às mãos do Coronel Joaquim S. Pedroso de Albuquerque. Teria sido uma encomenda especial para Dona Josephina? Ou, a peça já carregava a história de uma família da qual nada se sabia e cuja referência tinha sido apagada das suas histórias no registro de nascimento do avô? Não faziam ideia do motivo que levou o Coronel a tirar das filhas tal mimo.

Eles também não tinham noção de quanto ouro e pedras preciosas faziam parte da gorda herança deixada pelo Coronel a sua família legítima. Tampouco sabiam que na pele escura de Bárbara o brilho de um único anel fez faiscar as chamas do ódio que atravessaria suas vidas.

Quantas lágrimas se acrescentaram à sua lapidação desconhecida? Não sabiam com que propósito o coronel deixou o anel na gaveta do oratório de Bárbara, muito menos porque Maria Guilhermina impusera à Luísa o uso daquele anel, à revelia de Vitório. Não faziam ideia de como a escolha da tia Maria dos Anjos se encaixava no brilho de um anel usado pela mãe no dia em que as duas conheceram aquele que as afastaria e despertaria o ranço no coração machucado de Vitório.

Júlio deixou que Mina falasse, expondo todas as suas preocupações. Depois passou a descrever o azul do Índico ao som das ondas que lambiam a areia de uma praia qualquer em Mombaça. Estava há quarenta dias no Quênia, trabalhando em um documentário. Nem sempre os satélites lhe ajudavam nas comunicações. Voltaria a Nairóbi na manhã seguinte, e de lá retornaria a Londres, seu ponto de apoio desde que assinara o contrato com aquela agência que lhe abria caminhos para filmes.

Júlio ainda guardava a mesma empolgação da juventude quando falava do trabalho, do contato com pessoas de culturas, costumes e línguas diversas. Ainda que as histórias contadas por suas imagens fossem tristes, ainda que beirassem a atrocidade e muitas vezes descambassem para a barbárie, ele conseguia ver sentido no trabalho que desenvolvia. Mostrava ao mundo a dor e a alegria de habitarmos o mesmo planeta, o que nos aproxima e nos diferencia, e diante daquilo ninguém mais poderia dizer que desconhecia a existência do outro, a sordidez ou a generosidade.

Despediram-se com o dia amanhecendo na sacada. Mina desceu lentamente a persiana e se jogou entre os lençóis. Estava de folga do trabalho. Ainda assim tinha se comprometido a participar de uma reunião na sede da Fundação às dez horas da manhã. Duas horas de sono livraria o seu rosto do cansaço.

Decidiram o espaço para a arte e a história do lugar. Apresentaram-lhe uma pesquisadora que ajudaria nessa exposição. Mina fez questão de relembrar o acordo de que a história da sua família se ocultasse o máximo possível. Não queria que a Casa se transformasse em um museu dos Dos Santos. Não era esse o propósito. Seria um local para fazer circular a cultura, aberto à participação da comunidade.

Engenhos, teares e elementos ligados à extração da cera de carnaúba estariam ali representados como atividades econômicas da região, por meio de fotografias antigas, objetos, artefatos, livros de registros, mas sem personificação. A referência à bisavó e aos avós era inevitável em face da própria construção do casarão, da sua arquitetura que surpreendia e chamava tanto a atenção.

Nesse espaço caberia apenas a placa em homenagem, a pintura que retratava Bárbara e os filhos e um dispositivo de vidro para exposição do baú de prata fechado, as moedas que couberam a Mina e Júlio na herança de Vitório, e uma réplica do anel. O conteúdo do baú se manteria ali intocável, e o anel original ficaria sob guarda do banco responsável pela Fundação.

Prosseguiram discutindo o investimento nos primeiros projetos de oficinas para a comunidade. Um jeito de promover a seleção e preparação de mão de obra para um tipo de serviço completamente novo no local. A intenção era que a Casa movimentasse todos os arredores, escolas rurais e da sede do município, estando aberta à visitação, com uma vasta programação que incluiria concertos, cinema, teatro, dança e educação ambiental, sem esquecer da biblioteca que se iniciaria com o acervo da família, incluindo os livros de Mina que tinham ficado sem espaço quando da venda do apartamento.

O outro ponto a ser discutido era uma proposta de arrendamento da cozinha do casarão para montagem de um café/restaurante que utilizaria o fogão à lenha, com algumas modernizações da estrutura e o pátio interno como local do serviço. Mina não tinha objeções a fazer. Sua única exigência era quanto ao uso de mão de obra local, e que se desse prioridade aos produtos hortifrutigranjeiros da região.

Encerrava-se, por fim, a sua participação nas decisões sobre o Casarão do Sossego, ficando toda a administração daquela casa de cultura sob a responsabilidade de funcionários da Fundação. O seu trabalho na curadoria dos projetos de arte e literatura era algo muito mais abrangente e se estendia às outras casas implantadas em regiões diversas. Viajava com frequência. Não tinha um posto de trabalho fixo. Voltaria ao Casarão apenas no dia da inauguração e esperava que Júlio estivesse com ela.

O encontro com Marcelo na universidade foi obra do acaso. Seguia tranquila para o centro de pós-graduação em Letras quando ouviu o seu nome. Abraçaram-se com muita saudade. Marcelo acabara de sair de uma conferência no auditório central. Ela tinha mencionado alguma coisa sobre uma conversa com o orientador naquela tarde. Caminharam juntos, estavam felizes. Mina cancelou o compromisso. O professor também estava com a agenda apertada e não fez a menor questão. Era seu dia de sorte, pensou. Iriam ao cinema com Clarissa, fariam compras juntos e depois seguiriam para a casa de Marcelo.

O dia parecia perfeito. Os três foram para a cozinha preparar o jantar. Brindaram àquela estranha felicidade que os visitava naquele momento como se estivessem em um comercial de TV. Mina os observava, e tudo que deduzia era que Clarissa era uma típica menina de treze anos. Chata, às vezes. Não implicava com a namorada do pai. Até demostrava carinho ao dizer que Mina era muito diferente da mãe no jeito de se vestir, de pentear o cabelo curto e escuro, ou de usar anéis de prata no polegar, no jeito de falar de política, de filmes, de bandas de rock.

Marcelo e a ex-mulher estavam convencidos de que deveriam ser suporte mais que um peso. O que não significava ausência de problemas ou de questionamentos, mas disposição para encará-los sem ressentimentos. O certo é que Clarissa cresceu assim, consciente da situação dos pais, das suas diferenças e do acolhimento que recebia de cada um deles em seu tempo. Havia situações delicadas, mas, no geral, seu temperamento era dócil, espontâneo, amoroso. Se havia algum mal-estar esse se resolvia numa quadra de tênis, que era a grande paixão de pai e filha, herdada do avô, cujas medalhas e troféus estavam expostos naquela casa entre muitas fotografias das três gerações. Ele fazia questão de mimar a neta com tais preciosidades. Clarissa não tinha dúvidas de que era amada.

Mina observava e se policiava para não deixar transparecer uma ponta de inveja. Tentava não interferir na relação dos três. Para quem vinha de uma família como a dela, era difícil assimilar que o fim de um casamento pudesse ser concebido em harmonia. Além disso, não sabia o que era ter um pai presente. A figura que trazia na memória vinha das fotografias. Não sabia o significado do colo de um pai muito menos de um avô. Ficava imaginando que rumos sua vida poderia ter tomado se tivesse tido a sorte de conviver com uma família diferente. Se o avô ou os tios ou os irmãos mais velhos tivessem assumido esse papel.

– Um diamante por seus pensamentos!

– Nem me fale em diamantes, por favor!

Mina sorriu e o beijou aterrissando novamente na rede armada na varanda. Marcelo tinha se ausentado por uns minutos para dar boa noite à filha. Às vezes Mina achava que não merecia tamanha felicidade. Tomou um bom gole de água tentando se agarrar ao momento, enquanto Marcelo pegava na cozinha a garrafa de vinho que tinha ficado pela metade.

Fazia tempo que não dedicavam uma noite inteira para aquela cumplicidade, para a certeza de se saberem amados de corpo e alma. Levantou-se para desligar o telefone que insistentemente vibrava em cima da mesa. Não queria saber do mundo lá fora. Não queria atender, mas viu o número do advogado da Fundação.

– Desculpa pela hora, Sra. Mina, mas precisava avisar. Me ligou um sujeito dizendo ser seu sobrinho. Queria saber sobre o anel.

– Não tenho sobrinhos. O assunto tá nas suas mãos. Foi o que combinamos, não?

– Só achei que devia avisar, você sabe como são essas coisas de família. Às vezes se muda de ideia e...

– Entendo. Não tenho família. Vale o acordo dentro da orientação legal de vocês. Boa noite.

Desligou o telefone. Não havia o que questionar. Não faltavam testemunhas de como tudo tinha acontecido e todas as medidas legais haviam sido tomadas. O assunto já não era seu. E depois, a parte deles no Casarão havia sido comprada por um preço absurdamente acima do mercado, o que cobriria qualquer diamante ali enterrado. Se alguém merecia uma reparação naquela negociação esse alguém seria Júlio, o comprador anônimo que topou pagar o que eles pediram para evitar aborrecimentos e manter firme o seu projeto.

Desligaram as luzes, fecharam as portas da varanda. Uma chuva leve caia sobre o jardim interno fazendo balançar as folhas de hortelã e manjericão dos vasos da pequena horta, aromatizando a atmosfera. Mina sentiu a pureza desse ar invadir seus pulmões. Subiram os degraus vagarosamente, abraçados como se a vida fosse provisória, se resumindo àquela hora. Um roteiro desconhecido, sem começo ou fim. Sem passado. Sem futuro.

A leveza do voo

– Sra. Guilhermina Dos Santos, é isso?

– Sim. Mina, por gentileza.

– O que lhe traz aqui?

– Não sei por onde começar.

Mina tirou o colar e desabotoou o vestido branco se olhando no espelho do quarto. Riu sozinha ao lembrar da apreensão ao conhecer Dr. Marcelo. Era engraçado perceber que aquele homem sentado à sua frente a instigar e ouvir, a fazer chorar muitas vezes, nem de longe se assemelhava ao Marcelo ouvinte de uma conversa literária a quem ela se afeiçoara e dividira a cama na noite anterior, naquele dezembro de 2012, pensou ainda sentindo na pele sua forte presença.

Ficou por um tempo rememorando o impacto que o rosto sério e o sotaque do terceiro psicoterapeuta que ela procurava naquele mês, lhe causara. Entrou naquela sala certa de que seria mais um, apesar de todas as referências da médica que passara a lista. No entanto, as respostas francas, desarmadas e sem rodeios a todos os seus questionamentos sobre sua formação, sua linha de atuação, pediam para lhe dar uma chance. Ou, melhor dizendo, pediam que ela se desse a chance de ser tratada por ele.

O sotaque. O que levava um profissional com sua formação a fazer o caminho inverso da maioria das pessoas? Do sertão para os grandes centros, o eixo em que tudo acontecia, era o natural. Mina investigou e soube que Dr. Marcelo morava na região há mais de uma década. Isso reduzia a desconfiança.

Ainda pensando em como seu caminho cruzara o de Marcelo, Mina abriu o arquivo da apresentação para conferir os detalhes e ensaiar o tempo. Depois da última conversa com seu orientador, decidiu não alterar mais nada. Estava pronto. Não estava plenamente satisfeita com o resultado, contudo o tempo se esgotava e já não queria postergar. Colocaria um ponto final. Fecharia o ciclo. Pegou um livro e sentou-se na minúscula varanda acompanhando a inquietação das andorinhas.

Lembrava cada detalhe do seu sofrimento para se expor, se permitir visitar ou tecer narrativas sobre algo tão profundamente arraigado, dolorido, e que ela tinha escolhido sepultar e esquecer. Quando esteve no consultório dele pela primeira vez, já tinha terminado o período oficial do luto pela morte da mãe, permitido pela empresa. Assim como já tinha se encerrado a licença para tratamento de saúde. Tempo necessário para que ela fizesse essa peregrinação por consultórios, visse referências, e desse ao seu corpo a permissão para que os remédios começassem a fazer efeito. Com os remédios adequados, as crises de pânico se espaçavam e suas noites se acalmavam, permitindo que ela retomasse os livros e os diários, e até voltasse ao trabalho. Não mais com a intensidade de antes. Porém, à medida que as sessões avançavam, que a confiança se instalava, outro incômodo se estabelecia na sua alma. Já não tinha certeza se aquele lugar em que se fixara por quase duas décadas, que lhe levara ao invejável posto que ocupava, que lhe garantira a preciosa independência econômica e a liberdade, seria o lugar que desejava estar. Pensando bem, foi antes disso que o incômodo se instalou. A novidade trazida pela terapia era a coragem de admitir que ele existia.

O departamento fervilhava naquela manhã. Mina tinha o tempo cronometrado para discutir com o setor jurídico as dúvidas antes da assinatura dos contratos. Precisava receber da sua equipe as planilhas. Analisar gráficos, números, fazer projeções entre um telefonema e outro. Tudo o que antes preenchia o dia, e a fazia sentir-se viva, deixava de fazer sentido. De repente se viu sobrevoando a sala, as divisórias baixas, as mesas, as pessoas. Olhava o turbilhão como se estivesse fora dele, há alguns metros de distância, vendo do alto. A sensação durou poucos segundos.

Levantou-se para tomar água e, intuitivamente, tentou se concentrar na ponta do processo em que tudo aquilo desembocava. Exercício necessário para que na sua mente os números traduzissem a concretude do que se erguia longe dali em fábricas, em infraestrutura das cidades, na vida das pessoas, lhe devolvendo o desejo de continuar. Foi então que veio a ideia, e no fim daquele mesmo dia tomou coragem e teve uma conversa franca com seu superior.

Pedir demissão ainda não era uma solução possível. Quem sabe outra área? Ofereceram-lhe a de financiamento a novos empreendedores e cooperativas. Contato direto com clientes. Mina aceitou a oferta. No mínimo, ganharia horas ou dias fora daquele ambiente louco. Faria visitas. Conheceria e aprenderia a lidar com gente por trás dos números. Talvez, fosse isso que lhe fizesse falta. Sentiria suas impressões. Veria nos olhos dessas pessoas o bem e o mal que as decisões induzidas pelos números causavam. Seria obrigada a ouvir, a tomar um gole de água e contar até dez antes de dizer o que pensava.

Recebeu treinamento. Foi exposta a situações embaraçosas. Tudo isso dentro da estrutura que a sustentava. Da segurança de uma empresa sólida. Um nome. Um salário alto. Mina recordava a sensação de alívio que aquilo trouxe, a princípio, exatamente quando recebeu em sua casa a mãe naquele estado. Sensação que foi suficiente para segurar seu corpo enquanto necessário, apesar dos sinais ela fazia questão de não ver.

Sim, a imobilidade só veio com a morte de Luísa. Mas, a semente estava presente no mau humor constante, na irritação e nas explosões de raiva quando algo fugia ao planejado, nas horas excessivas de trabalho, na exigência consigo mesma e na busca exagerada por eficiência.

Tudo contrabalançado na medida certa pelas braçadas nas piscinas que levavam seus músculos à exaustão e pelos psicotrópicos que lhe garantiam o sono intranquilo, é certo, principalmente depois das visitas daquela mulher nos seus sonhos. Contudo, só depois dos anos de terapia é que Mina passou a ter consciência e verbalizar.

Viu no céu o mergulho das andorinhas à cata de abrigo. A leveza do voo. Era isso. Começava a olhar para esse passado com leveza e a encontrar novos abrigos. Pensou em Júlio, e em como suas histórias comuns os afetaram de diferentes formas. Eram gêmeos. Guardavam muitas semelhanças e uma cumplicidade absurda. Sofreram as mesmas influências e os mesmos males na infância. A adolescência tinha sido especialmente cruel com ele. Enquanto ela tivera um apoio mínimo para sair daquele lugar, ele fora empurrado para algo que o violentava. Ainda assim, ele não se permitiu sair de lá machucado. Parecia amar a vida incondicionalmente. Lembrou do que Júlio dissera por telefone no dia em que saiu do hospital e estava em busca de um terapeuta, quando ela argumentou que não entendia a razão do seu sofrimento físico ter origem psicológica se ele não apresentava os mesmos sintomas:

– Maninha, somos quase iguais. Mas o quase faz toda a diferença.

Mina pensava agora sobre suas reações ao sofrimento, em como elas divergiam. Júlio, desde muito novinho, se percebia estranho. Não era como os irmãos ou colegas da escola. A adolescência e os impulsos sexuais naturais da idade foram apenas a confirmação. Enquanto a família tratava a sua homossexualidade como um comportamento influenciado pela presença constante da irmã gêmea, e daí a imperiosa necessidade de separação, lá no íntimo ele sempre soube que não. Dúvidas estiveram presentes, obviamente. Não queria ser motivo daquele mal-estar ao seu redor. Tentava se moldar, mas alguma coisa dentro dele o pedia para olhar para si mesmo.

Ele dizia ter tido a sorte de encontrar pessoas honestas em seu caminho, apesar das circunstâncias. Ao contrário de Mina, era bem-humorado, agradável. Uma pessoa fácil de gostar. Vivera seus momentos de desespero, mas não sucumbira. Não sabia explicar. Algo lhe dizia que aquilo não era para sempre. Pensava sobre esse tempo com um sentimento que se sobrepunha à amargura. Tentava compreender o ponto de vista dos que lhe empurraram para aquele caminho. Entender como essa rede de crenças arraigadas, de medos e desejos de conformidade levava as pessoas a cometer atrocidades.

Compreender o que parecia ser absurdo impunha um processo inverso ao de sua mãe: colocava-se como protagonista de sua história mais que como vítima. Como se atravessar a lama e a escuridão fosse o caminho necessário para o crescimento. Enquanto para Mina, o tempo sem Júlio foi de luto. Talvez, a pior de todas as perdas que ela precisou lidar porque se associava à culpa. De tanto ouvir, ela também achava que fosse possível que a forte ligação entre os dois o levasse a repetir seus gostos, desejos e o jeito de se expressar, como se no íntimo fossem cópias um do outro. Fisicamente não eram iguais, mas cresceram ouvindo relatos sobre o parto duplo e sendo tratados como se fossem uma unidade: os gêmeos.

As incertezas sobre como ele sairia daquele lugar alimentavam o ódio que a movia. Depois de reencontrá-lo, a dedicação com todas as suas forças ao trabalho que garantia a autonomia para ajudá-lo era sua forma de enterrar suas histórias em cova abandonada, sem velas ou visitas.

A terapia fora o desenterrar de corpos putrefatos, ossos, esqueletos. O cheiro não era bom. A visão era estonteante causando náusea. Dr. Marcelo exercera um bom trabalho de arqueologia como mentor desse desenterrar e juntar pequenos pedaços. Obrigando-a a não desviar o olhar. Ela até poderia ir lá fora e respirar o ar puro, mas teria que voltar e encarar as escavações. Essa montagem, associada à ressignificação do todo na sua vida, a levara a encontrar a sua própria voz, aquela pequena chama que nela fora abafada e em Júlio brilhava e não cedia à chuva e ao vento.

– Não, nunca me apaixonei!

– Nem na adolescência?

– Todos os rapazes de aparência interessante eram bobões. E os que eram um pouquinho mais inteligentes, fisicamente não me atraíam.

Ele anotava, denotando indiferença e preparando uma nova investida que ajudasse a romper a armadura. Fora difícil para Mina reconhecer que nunca se permitira gostar de alguém, por exemplo. Repetia cheia de convicção que o amor era raro, ou simplesmente, não era para todos. Ela não encontrara a pessoa certa. Mais tarde, já na empresa, fizera um esforço e mantivera dois ou três casos, mais para satisfazer a curiosidade deles do que por desejo seu de ter um relacionamento. Até há pouco tempo desconhecia esse sentimento de entrega, e não se via motivada para o sexo sem compromisso.

De repente veio à lembrança uma de suas viagens solitárias. Considerava aquela a única vez em que tinha chegado perto de algo assim. Uma atração irresistível que durou uma semana e ela fez questão de eliminar todos os rastros na separação, depois de dois encontros em momentos posteriores. Julgou precipitado o pedido de casamento. Ele queria filhos. Ela, não. Ele acreditava em famílias felizes. Ela jamais abandonaria seu mundo de trabalho e segurança para viver as incertezas de algo tão diferente. Se parecia impossível conciliar, paciência. O adeus seria o melhor caminho.

Guardaria no álbum de fotografias uma relíquia como sinal de que o amor podia existir, mas não era para ela. Júlio, pelo contrário, nunca escondera suas preferências e sua certeza de que buscava o amor. Era um romântico com os pés bem fincados no chão.

Mina lembrava da doçura do seu sorriso ao ser premiado melhor estudante da turma, no dia da formatura.

O riso era carregado de humildade, como se aquele ato fosse benevolência e não conquista. Da mesma maneira recebeu a confirmação da bolsa de pós-graduação na universidade de Lisboa, de onde voou para o mundo. Com o amadurecimento, fazia do trabalho o grande prazer da sua vida. E para isso muito contribuía o fato de manter-se solteiro. Para alguém sozinho, dizia, sempre será mais fácil encontrar um prato de comida e um colchão velho.

Um bem-te-vi cantou alto no fio de alta tensão que riscava o céu a alguns metros da sua varanda. *Sim-tou-aqui*! ela respondeu ao pássaro. Repetia para si mesma que estava inteira naquela tarde, em uma varanda apertada olhando para um céu de andorinhas, às vésperas da defesa de sua dissertação de mestrado. Na mesinha um livro e uma xícara de chá. Vestia um pijama leve de algodão. Sentiu um vento frio percorrer o seu corpo. Estava ciente de que a ansiedade e os sonhos poderiam retornar em outras ocasiões, mas agora saberia reconhecer e lidar com essas manifestações do seu corpo. Naquela tarde a ansiedade era natural, apesar da tentativa de se mostrar confiante.

Não havia razões para não fazer uma boa apresentação no dia seguinte. Pela manhã, quando deixara a casa de Marcelo, recebera o primeiro elogio de seu orientador diante do trabalho impresso. Além do rico conteúdo, ele disse reconhecer na sua narrativa a beleza de uma linguagem que conseguia transformar conceitos e análises acadêmicas em algo palatável, literário. E vindo dele, aquilo não era pouco. Não conseguiu pronunciar uma única palavra em resposta. O espanto a emudecia. Só agora se permitia chorar e sentir o prazer genuíno, a alegria verdadeira, de que Júlio tanto lhe falava.

Retomou a leitura de Kadaré. Entre as páginas uma notinha onde estava escrito o que ouvira alguns dias antes de uma palestrante, em tom de ironia: "se você tem uma história familiar complicada, tem boas histórias para contar".

Suindaras[1] sobrevoam o telhado

A névoa densa cobria a estrada e a impedia de enxergar além de um metro. Reduziu a velocidade e conseguiu encostar o carro no que o farol indicava ser o acostamento. Ligou o pisca-alerta, desligou o motor e desceu do carro. Achou que seria mais seguro caminhar, tinha uma lanterna na mochila, e sabia que logo depois da próxima curva, em tempos normais, avistaria a chaminé do casarão. Se o fogão à lenha não se apagava, haveria de lhe dar algum sinal. Ouviu passos apressados um pouco atrás de si. Não teve tempo de se assustar.

– Não é perigoso para uma moça andar sozinha com esse tempo?

1 Ave da espécie *Tyto furcata*, também conhecida pelos nomes Coruja-das-torres, Coruja-de-igreja, Coruja-branca ou Rasga-mortalha. Na região de fronteira entre o Piauí e o Ceará é considerada uma ave de mau agouro. Seu canto, ao sobrevoar um telhado, é visto como anúncio de morte pois se assemelha com o esgarçar de um tecido (uma mortalha).

– Nesta estrada, com essa cerração, é melhor caminhar. Estamos quase chegando, não?

– Depende de onde você quer chegar.

Mina acordou com o toque estridente do despertador. Ainda usava o seu velho despertador por uma questão de hábito. Achava que a música não era suficiente para despertar de sonos profundos e os toques do celular a irritavam. Sentou-se na ponta da cama procurando caneta e papel deixados na mesinha do lado. O retorno dos sonhos estranhos pedindo anotações. Não perdera a mania de anotá-los e manter o diário. Como hoje, 02 de outubro de 2014. Novamente o rosto da mulher não apareceu nitidamente. O véu que o encobria era azul. O corpo trazia o mesmo porte e a voz era a mesma dos sonhos anteriores, com a diferença de que agora podia entender. Viu no espelho os seus olhos ainda assustados enquanto escovava os dentes. Meteu-se embaixo do chuveiro e deixou que a água fria molhasse a nuca.

Esfregou a ponta dos dedos sobre o couro cabeludo como se precisasse limpar a raiz de cada fio. Ficou no banho o tempo suficiente para se recompor. Encarou o espelho novamente, o prateado dos fios avançando já não incomodava. Queria ver tranquilidade por trás dos cílios levantados pela máscara e o delineador. Aquele era um dia muito especial e nada a tiraria do foco.

Restava-lhe pouco mais de uma hora para chegar ao hotel e tomar café com os dois, matar saudades e pegar a estrada com o pessoal da Fundação rumo à inauguração do Centro Cultural. Estava muito cansada, é certo. Muitos percalços foram vencidos naqueles dois anos. Até o último minuto, como tudo que é grandioso ou que tem necessidade de acontecer, precisou responder para si mesma que valeria a pena prosseguir. Naquele instante, a felicidade de ver o projeto erguido do chão era muito maior do que qualquer aborrecimento. Estava encantada com os trabalhos de Júlio que compunham a primeira exposição de fotografia. Grupos étnicos representativos de todos os continentes. Era a primeira vez que ela os via assim de perto. Um belo trabalho de pesquisa e seleção a partir de todo o acervo de suas andanças pelo mundo. O fio condutor era a semelhança, os traços que os conectam, muitas vezes encontrados em detalhes dos ornamentos, nos formatos de rosto, na dança, na arte. Partia de um universo particular para o geral e retornava, pois, de certo modo, contava a história do menino que saíra daquele lugar para encontrar em um mundo distante a conexão consigo mesmo, e regressava trazendo para o ponto de partida o mundo inteiro.

Uma exposição soberba acontecendo naquele lugar que parecia existir à margem do tempo e do que a maioria das pessoas entendem por civilização, ganhava um significado que extrapolava a fotografia, a arte. Tão longe dos centros produtores de cultura e tão perto de pessoas simples. Essa era a intenção de Júlio ao insistir na ideia da implantação de um Centro Cultural no antigo Vale do Sossego. Mostrar que todo ser humano, independente das condições de nascimento, tinha capacidade de produzir ou ser apreciador de arte. Um jeito de balançar o embrutecimento de um lugar sufocado por pedras, cuja linha do horizonte não se via das janelas. Mina, fechou a mochila dizendo para si mesma que sim, ela e Júlio mereciam cada raio de sol oferecido por aquele dia.

Nem sequer precisou se identificar no balcão, Júlio já a esperava no hall. Abraçaram-se e Mina não conseguiu evitar o rio de lágrimas ao ver o seu irmãozinho levemente grisalho, braços fortes, ombros largos e seu eterno rosto de menino:

– Este é o Karl.

– *Halo*! Seja bem-vindo, irmãozinho!

– Corre! Estamos famintos e temos pouco tempo.

Mina estava frente a frente com a pessoa que balançara o coração de seu irmãozinho. Ali diante da figura que fora objeto de tantas conversas madrugada adentro, não era difícil entender suas razões. Karl parecia um tanto reservado, mas a timidez lhe conferia uma graça sedutora. E, quando falava exibia a elegância das pessoas que sabem ser autênticas, como se imprimissem uma carga de confiabilidade. Era diretor de teatro e professor de artes cênicas em uma universidade de Colônia. Falava português razoavelmente. Como Júlio ele também se interessava muito pela cultura de países africanos e, de forma especial, pelo histórico genocídio provocado pelos seus compatriotas no início do século xx. E foi exatamente ali, no noroeste da Namíbia, que se conheceram e se tornaram amigos.

Mina lembrava bem do entusiasmo de Júlio por aquele trabalho como fotógrafo de uma equipe que desenvolvia pesquisa ligada a danças e rituais primitivos. Além dos registros e da investigação dos ritmos, havia por parte da ONG financiadora do projeto o interesse em contribuir para o resgate das tradições que sobreviveram à colonização alemã. Júlio regressara fascinado pela beleza dos povos Hererós e Himba. O reencontro se deu meses depois do retorno à Europa, durante o espetáculo montado e dirigido por Karl, com textos e música inspirados pela pesquisa. As fotos de Júlio foram expostas na galeria do teatro durante toda a temporada.

Estavam juntos desde então, mas essa era a primeira vez que se apresentavam e viajavam como um casal. A novidade é que Júlio dizia estar cansado da vida nômade.

– Envelhecemos, maninha? Viramos pessoas normais?, perguntou Júlio finalizando a conversa ao ver o desespero de Mina em conferir o número de Marcelo no visor do telefone. Já estavam a caminho da fundação quando ele confirmou que os encontraria para o almoço no Casarão. O almoço seria o momento deles com a equipe que trabalharia no Centro de Cultura. Com as pessoas que trariam vida nova para aquele lugar, daí a importância da presença de Marcelo. Para Mina, ele fazia parte desse ressuscitar. Alguns dos meninos e meninas com quem escalaram pedras para alcançar os banhos de cachoeira em tempo idos estariam lá. O restaurante fora arrendado por moradores locais, como previsto por Júlio.

– Podemos fazer uma pausa aqui na cidade, antes de descer até o vale?

– A Sra. manda, dona Guilhermina.

– Mina, por favor! Meia hora no máximo estamos de volta!

Os dois pontos eram próximos. Três ou quatro quarteirões separavam a escola e casa em que viveram a infância. Sentir o vento, sentir de perto o novo e o que permanecia de suas lembranças. Entraram no velho prédio de muros baixos, que ainda funcionava como escola. Por isso não puderam adentrar salas e corredores. Mas o murmúrio das vozes infantis e a vista do pátio já os satisfazia. A imensidão das quadras de esporte se apequenara. As árvores pareciam muito mais baixas, os galhos alcançáveis, as aves continuavam a fazer ninhos e as borboletas a levantar voo sobre as flores, como se desfilassem para as lentes ligeiras da câmera compacta de Júlio.

Seguiram pelas ruas refazendo o percurso que muitas vezes fizeram juntos, de mãos dadas, um cuidando do outro para se desviarem dos loucos, dos cachorros, dos bêbados nas portas dos bares. Ou para mostrarem-se educados e cumprimentarem o velho senhor que se embalava em uma cadeira na calçada fazendo de conta que lia um jornal. Recordaram o quanto se divertiam ao verem o seu olhar curioso por cima dos óculos respondendo ao cumprimento.

A calçada estava vazia. Nas ruas já não corriam os loucos atormentados pelos gritos das crianças, a liberdade dos cachorros se rendera às coleiras ou correntes que os prendiam aos portões. Os bêbados se disfarçavam atrás de garrafas e copos em mesinhas dispostas sob amplos sombreiros, e os batentes, antes tão difíceis de escalar, pareciam dispensáveis paras as pernas alongadas de Mina e Júlio. A mureta e o portão de ferro que cercavam o pequeno jardim ainda eram os mesmos, embora já não houvesse o cheiro das rosas. Não ousaram bater na porta. Aquilo já não lhes pertencia. Estavam satisfeitos com a visão das casas enfileiradas, diferenciando-se apenas pela cor das portas e janelas.

Retornaram ao carro conferindo no visor da câmera o que ficou registrado. Encostaram os narizes no vidro sujo da janela em movimento, enquanto contornavam os montes. Já não havia cavalos ovelhas e cabritos para as apostas. Igrejas evangélicas e centros comerciais se sobressaiam no lugar das antigas pastagens até começar a descida mais íngreme da serra.

O trecho que lhes permitia ver, a cada volta, a aproximação gradual do vale, até avistarem entre tantas outras chácaras um ponto de chaminé, uma cerca bem cuidada e por fim um casarão colonial a espantar os olhos de quem jurava ser aquele mundo um lugar fictício perdido no nada. Do alto o sol se derramava por cada centímetro daquele chão ressequido e empoeirado pelos ares de outubro, impedindo Júlio de fotografar como era seu desejo.

Voltaria na manhã seguinte para os registros com luz adequada. Karl segurava a sua mão com naturalidade, sem se importar com os olhares ao redor. Júlio, aos poucos estava resgatando o tempo perdido por medo da exposição. Não podia culpar-se pelo sentimento que os unia, e pela sorte do encontro. É fato que andava amedrontado com a onda conservadora que ameaçava o país, conforme ouvira dizer. Mas, eram homens maduros, precisavam enfrentar com os olhos bem abertos os efeitos perversos do ódio e da fobia.

O café/restaurante mantinha a arquitetura rústica do interior do Casarão. A decoração com madeira, cerâmica, xilogravuras e tecelagem da região transformara a velha cozinha de laterais aberta em um ambiente acolhedor. Os mosaicos reaproveitados davam elegância. Detalhes bem cuidados enchiam os olhos, como a iluminação que tirava proveito da luz natural do antigo pátio interno, agora protegido por uma gigantesca claraboia. Ou, os pés de limão em canteiros que imitavam vasos enormes, com modernas soluções de irrigação e entrada de luz. Cozinha da Dinha foi o nome dado ao restaurante, pois ali se impregnava a energia daquela mulher e suas histórias que faziam parte do repertório folclórico da gente do lugar.

Foram interrompidos pela chegada de Marcelo. Feitas as apresentações, seguiram para a galeria. Júlio também estava ansioso para ver a disposição dos quadros, a iluminação, os textos de Mina que abriam cada estação, se tudo estava de acordo com o projeto de Karl. Para o almoço, Mina pediu que organizassem uma mesa única que comportasse a equipe.

O pessoal da montagem ainda trabalhava nos últimos retoques. A equipe da fundação retornou para o hotel na cidade, cujo percurso hoje se fazia em vinte minutos ou meia hora no máximo, dependendo do trânsito. Tinham tempo. Faltavam três horas para o início da cerimônia

Mina e Júlio preferiram ocupar dois dormitórios do alojamento projetado para residências artísticas. Descansariam por duas horas. Tempo suficiente para acomodar as emoções de estarem naquele lugar que restaurava uma construção em estilo colonial ao mesmo tempo em que parecia ter tão pouco do passado. É certo que peças como o oratório de Dona Bárbara, os quadros da sala dos santos, os retratos, as lamparinas, o tear, os bastidores, a almofada de bilro, a cristaleira, a grande mesa de madeira, as toalhas em renda e bordados, os tapetes, a redoma de vidro que guardava o baú, as moedas e a réplica do anel dispostos na ala dedicada à exposição permanente, traziam de volta esse passado. Sim, traziam. Mas como história, como marcas de um tempo. Não mais como dor e opressão. Esperavam não mais ouvir os passos arrastados pelos corredores, nem os gritos entre assobios do vento no telhado. Os cômodos ganharam forros de onde pendiam luminárias em substituição às lamparinas e velhos lampiões.

Marcelo observava atentamente a movimentação de Mina pelo quarto, a maquiagem, o brinco, a pasta modeladora que dava armação feminina e delicada ao cabelo curto, outro brinco, o vestido esvoaçante e sem muitos detalhes sobre o corpo esguio. A mulher madura de hoje parecia mais bela, e nada lembrava aquele rosto marcado pela tristeza e exaustão que um dia entrara em seu consultório, dizendo não saber por onde começar. A dedicação à terapia, a superação do medo de ter as emoções controladas por um fármaco, os questionamentos, os insights, a escrita, a literatura, a mudança radical no estilo de vida, a retirada posterior dos remédios, a quebra da armadura que a mantinha presa, o seu retorno à vida a transformaram em outra pessoa. E foi por essa nova mulher, encontrada por acaso em uma roda de conversa que ele se apaixonara. E ele, certamente, já não era o mesmo homem. Antes de descerem para o evento, Marcelo segurou a mão de Mina e colocou no seu dedo o anel que ele resgatara da garantia do Banco, com a ajuda de Júlio. Olhou nos seus olhos e pediu que ela não se preocupasse com significados agora. Antes de qualquer coisa, era o anel de sua bisavó que ele devolvia.

O céu era só estrelas. A data fora planejada para uma noite assim. Sem chuva e com uma lua esplendorosa. Como são as noites do sertão descritas nos cordéis, nas canções e modinhas dedilhadas nas violas em cantorias, ou forrós, acompanhados do timbre fanhoso da rabeca. Noites utópicas.

A rabeca, ao longe, era tristonha como a certeza que trazia o bater de asas das suindaras sobre o telhado. Mina sacudiu a cabeça e encontrou no ombro de Marcelo um alívio. A cerimônia teve início na hora exata em que a saída do sol pintava de púrpura o céu. Se as corujas piaram ou levantaram voo sobre o Casarão não se sabe, pois a música já enchia os ouvidos dos presentes.

Sob o comando do cerimonialista da Fundação, Júlio e Mina mantinham-se em suas posições como se fossem apenas convidados. Para a gente do lugar, a Fundação tinha adquirido dos herdeiros. Mina foi apresentada como curadora de artes e nessa linha manteve o seu curto discurso. Júlio, apenas como autor das obras da primeira exposição fotográfica.

Recostados no parapeito da sacada de uma das janelas do andar superior, Júlio e Mina se distanciavam do burburinho para trocar impressões sobre o que viam naquele momento, sobre o anel no seu dedo naquela noite, sobre como chegaram até ali. Tudo se confirmava como algo que se colocava acima da simples tomada de decisão ou escolha individual pela vida. É certo que em momentos difíceis daquela jornada, eles fizeram uma opção, mas muitos outros eventos se juntaram para trazê-los até àquela noite.

– Você lembra como Kadaré termina a narrativa, Júlio?

– E você lembra como Walter Salles termina a dele?

– Pois é... Já te falei da conclusão? Ficou claro para mim que a decisão do roteiro em compartilhar o drama individual...

– Opa! Baixou a literata!

– Tudo se conecta, né?

Júlio abraçou a irmã fazendo-a rodopiar, enquanto esta falava sem parar sobre as obras de Kadaré e Walter Salles no que se referia à reprodução do conflito e sua ligação com Ésquilo e sua fé na ordem justa do mundo. Traduzia para ele o resultado de sua análise:

– Como se tudo coubesse na decisão do roteiro em compartilhar o drama individual da personagem de Kadaré com outra consciência personificada. Heróis portadores de dualidades.

– Psiu! Acho que ouvi o arrastar dos chinelos – sussurrou Júlio, para fazer Mina calar. Riram e desceram as escadas para encontrar Karl dando a Marcelo uma aula sobre os povos Herorós, diante de uma das fotografias de Júlio.

– Pelo visto, não sou só eu quem vê conexão em tudo – Mina cochichou ao ouvido do irmão, enquanto caminhavam em direção aos dois. Decidiram dispensar o carro da Fundação. Retornariam de carona com Marcelo na manhã seguinte. Assim Júlio ficaria mais à vontade para fotografar o vale visto das curvas da estrada.

Até o fim daquela noite, os quatro andaram pela região, como turistas, dois casais apaixonados. Júlio ainda então não tinha se sentido completamente à vontade por ali para demonstrações públicas de carinho, mas naquela noite encantada tudo era possível, e foi com um longo e demorado beijo que Júlio e Karl se despediram da lua.

A cerração no alto dos montes impedia a visão do vale. Eles corriam de mãos dadas só para ver os carneiros e cabritos saltando sobre as pedras. A chuva da noite anterior deixara a relva molhada e os lajedos formavam poças onde os animais bebiam. Ouviram o tropel dos cavalos e o ranger de uma carruagem. Uma mulher abriu a porta e os chamou pelo nome.

– Venham comigo! É perigosa a descida do vale. Olhe para trás, Mina, e cuide do seu irmão!

Mina acordou cinco minutos antes do relógio despertar. Procurou o bloquinho de anotações. Não vira o rosto novamente. Desta vez não tinha ficado claro se a voz era a mesma apesar de não haver dúvida sobre o dito. Não comentou com Marcelo, tampouco falou do sonho da noite anterior. Fechou a mochila. Ergueu a persiana diante de um céu muito azul. Desceram para um café no Cozinha da Dinha antes de partir. Júlio já se deleitava com os sabores que despertavam cantinhos esquecidos da memória: a coalhada escorrida, a tapioca de coco, o cuscuz, o café coado. Pensou na acolhida e no sorriso daquela gente como marcas das alegrias teimosas de sua infância.

Marcelo escolheu a sombra de uma das árvores que se elevavam naquele trecho e estacionou depois de confirmar com Júlio se aquele lugar atendia aos seus desejos. Estavam a poucos metros das terras que um dia pertenceram ao Coronel Joaquim S. Pedroso de Albuquerque. Depois de fotografar o vale, Júlio quis conhecer a tal capela que guardava seus restos mortais. Uma oportunidade de comparar com o Santuário dos Dos Santos. Encontraram outra sombra um pouco mais adiante. Mina estendeu uma toalha no chão e sentaram-se contemplando a imensidão.

Acomodou-se no colo de Marcelo observando o brilho do diamante sobre seu dedo. Sentiu uma onda de bem-estar, uma sensação de paz em ver os dois ao longe armarem o equipamento procurando o melhor ângulo para enquadrar o que a mente de Júlio ordenava.

Abriu a agenda para planejar os próximos dias. O voo de Karl e Júlio estava marcado para a manhã seguinte. Dedicaria a tarde aos dois até esgotarem seus assuntos. Acertariam as datas da viagem para atender ao convite de Júlio. Mina, Marcelo e Clarissa se juntariam a eles por volta do Natal e Ano Novo. Dormiria sozinha em seu apartamento quando eles partissem.

Ainda não sabia se levaria a sério a proposta de Marcelo. Era estranho ser pedida em casamento com mais de cinquenta anos de idade. Ao mesmo tempo se questionava sobre até que ponto a sua resistência seria mecanismo de defesa, fuga ou medo da intimidade. O certo é que se daria um tempo. Estava feliz com o novo trabalho e a possibilidade de resgate de pessoas pela arte. Júlio era o seu melhor exemplo. Era o que se via no artista consagrado e naquela cena.

Absorta em seus pensamentos não percebeu aproximação de uma caminhonete de modelo antigo. Ouviu gargalhadas e vozes que se alternavam. Marcelo fechou o livro que tinha nas mãos, tentando apurar o que diziam. Dois estampidos secos e um grito ecoaram no vale:

– Respeitem terra de homem!

Como um filme rodando em câmera lenta, Mina viu o corpo do seu irmão dobrar-se sobre o ventre. Correu em sua direção, encontrando-o já no chão. Abaixou-se e o colocou no colo como se fosse uma criança, enquanto

Marcelo buscava ajuda. Pressionou a ferida de entrada da bala no pescoço, enquanto a camisa de Júlio se encharcava rapidamente.

Viu o sangue escorrer por sua camiseta, alcançando o jeans, até chegar ainda quente ao seu ventre seco por destino e escolha. Instintivamente o embalou no colo cantarolando baixinho a cantiga de rodas que costumavam cantar nas subidas do morro, ao sair das cachoeiras ou do mergulho nas águas geladas que brotavam das pedras. E, de repente, viu o tempo escurecer. Nuvens encobriam o sol, e uma névoa densa desceu sobre os montes.

Epílogo

No box da suíte de Marcelo, Mina abriu o chuveiro e gritou até perder a voz. Esmurrou a parede. Sentiu o machucado incomodando e impedindo a repetição do movimento. Sentou-se no chão e não viu o tempo passar. Deixou que a água encharcasse todo o seu corpo, corresse na pele como as torrentes sobre as pedras das cachoeiras em que ela e o irmão foram ensinados a esquecer as tristezas. A água lavaria o cabelo, os olhos inchados, as olheiras, o nariz avermelhado.

Lavaria o seio, penetraria o coração, dissolvendo cada um dos coágulos que desejavam por ali se alojar. Lavaria o abdômen em que o sangue, ainda quente, do irmão escorreu. Lavaria o ventre seco em que as sementes de Marcelo em vão se depositavam. Lavaria as pernas alongadas, enrijecidas por outras águas em que seus músculos treinaram a superação. Lavaria os pés.

Sentiu as mãos macias de Júlio massageando e estalando seus dedos como ele fazia nas vésperas das partidas. Misteriosamente, aquela pressão ficava por meses dando sinal, até que a possibilidade de um novo encontro se vislumbrasse no horizonte. Negaram-lhes a última véspera. No entanto, ela o sentia. Já na cama, enxugou cada um dos dedos. Fechou os olhos. Ouviu os estalos. Sentiu o esticado da pele, a pressão de uma mão macia e delicada.

Marcelo entrou no quarto e a encontrou jogada sobre a cama. Fez-lhe um carinho nos pés antes de dizer que estava na hora. Ajudou-a a calçar a sapatilha. Clarissa pediu a Mina permissão para pentear, passar um pouco de pó, uma máscara nos cílios e um batom. Aquele mínimo que costumava observar em seus movimentos ligeiros e decididos, sempre que se preparavam para sair de casa nos dias bons.

Ajudaram-na a vestir a saia de estampa colorida que o irmão lhe trouxera em um dos regressos de um país africano. A blusa amarela, ela mesma escolhera antes de cair sobre a cama. Por mais que lhe doesse a alma, negava-se a usar o preto naquele dia.

A cova não foi reaberta para receber o corpo inerte de Júlio. Aquele não seria seu lugar de assento definitivo. Setenta e duas horas depois de ouvirem o estampido e o barulho de um carro em fuga, o corpo sem vida seria cremado. Horas intermináveis para protocolos de detecção de sinais de atividade cerebral e procedimentos de doação dos órgãos.

Karl propôs a cremação. A princípio, levaria consigo as cinzas. Sopraria o pó do sorriso amado sobre os cantos do mundo que acolhera suas horas felizes. Mina concordara com todas as razões expostas pelo cunhado. Como negar a ele o direito a uma despedida feita à maneira que ele entendia como certa? Como negar à pessoa que, depois dela mais soube amar e compreender o irmão, o direito àquela cerimônia de luto? Todavia precisava de uma divisão no luto.

Deixara os trâmites policiais ao encargo de Marcelo e dos advogados da Fundação. Diante da beleza do Santuário, uma mulher vestida de sol abraçou Karl agradecendo a felicidade que ele fora capaz de oferecer ao irmão nos últimos anos. Por sua benevolência, estavam ali no espaço que cercava a cova. Sem *incelenças* nem carpideiras, sem mulheres de branco nem preto, tampouco respingos de água benta sobre caixões.

Ouviram mensagens que chegavam em diversas línguas. Sentiram o vento e o perfume das flores. Ouviram o canto longínquo dos azulões e graúnas. As histórias não seriam apagadas, corrigidas ou soterradas em novas pás de areia e cal. Ao contrário do que pensaram no início, quando concordaram em demolir o que fosse necessário e enterrar aquele mundo obscuro de histórias repetidas, era preciso escavar a terra expondo as entranhas, adubar com o pó dos ossos dos que tombaram, fertilizar aquele solo endurecido. Plantar. Fazer brotar o mundo das coisas simples e concretas que são a substância de vida. Com sorte, dali a alguns anos o vermelho do flamboyant se uniria a outras cores na alameda de ipês que revestiria o trajeto até o Santuário. A partir daquele instante esse seria apenas mais um mostruário do passado, sem uso presente ou futuro.

O que Mina não sabia é que naquele mesmo chão, além das cinzas de Júlio sopradas sobre mudas e sementes, e das urnas de Domingos, Bárbara, Bernardo, Dos Anjos, seu pai e Luísa, os ossos dos seus ancestrais, moídos pelo tempo, também adubavam seu caminho de flores, espantando para sempre os urubus e carcarás.

As flores vieram a seu tempo, sem pressa. Mina voltou sozinha. Como se a vida, diante da perspectiva inevitável da morte, já não comportasse amuletos ou a imobilidade.

Escalar outra vez. Devagar. Era preciso seguir a trilha entre as pedras, como o lento escorrer do fio das águas. O ar estava seco. Sem neblinas ou sonhos. Escolheu um dia de grande movimento. Queria apalpar a intensidade do presente. Rever cada detalhe sob a vibração da energia dos visitantes: o oratório, o velho tear, o bilhete do Coronel, a cozinha, a chapa do fogão à lenha, os tachos onde se alvejavam os lençóis. O diamante da bisavó brilhava no seu dedo naquele instante como um sim. No desdobrar das suas dores, era importante ver como funcionava, ouvir vozes entre gargalhadas que vinham do café. Ver o pátio interno se preenchendo de uniformes infantis. O pensamento vagava enquanto o dedo indicador contornava os desenhos do mosaico reutilizado. Ouviu:

– Não me parece possível projetar um novo espaço sem examinar as fundações e as causas das rachaduras encontradas nos vãos.

– Você tem autorização para demolir...

– Eu sei. Mas a ideia é aproveitar o que de belo resistiu.

Ao longo deste livro foram feitas algumas referências a:

- *Abril despedaçado* e *Crônica na pedra*, Ismail Kadaré, tradução de Bernardo Joffily.
- *Abril despedaçado*, filme dirigido por Walter Salles.
- *A tragédia Grega*, Albin Lesky.
- *O mito de Sísifo*, Albert Camus, tradução de Ari Roitman e Paulina Watch.
- *Orestéia*, Ésquilo, tradução de Jaa Torrano.
- *Suma Teológica*, Santo Tomás de Aquino, tradução de Alexandre Correia.
- *Vidas Secas*, Graciliano Ramos.
- *Uma mulher vestida de sol*, Ariano Suassuna.

Esta obra foi composta em Corundum Text Book
e impressa em papel pólen 90 g/m² para a
Editora Reformatório, em agosto de 2022.